JN070797

小川荘六

心友

素顔の井上ひさし

作品社

はじめに

1

平成二十一（二〇〇九）年十月十九日、井上の新作『組曲虐殺』の公演を一緒に観たのが最後の日になってしまった。

このあとすぐに、井上は肺腺がんを告知され、検査入院、抗がん剤治療を繰り返し、翌年三月に茅ヶ崎の病院に入院した。

いつ見舞いに行こうか、なにを話そうか何日も考えた。

どうでもいい小さいことをいかに面白い話にするかで、その日が有意義であったかどうかが決まる。井上とはいつもそんなふうだったので、どう考えても病室での会話は成立しない。

結局、私は一回も見舞いには行かなかった。行けなかった。

平成二十二（二〇一〇）年の四月初旬、私は腹部大動脈瘤の手術のため、自宅近くの横須賀市立うわまち病院に入院していた。無事に治療を終え、退院の支度をしていた四月十日の朝、井上の秘書をしている娘の未玲（みれい）が病室にやって来て、昨夜、井上が亡くなったことを告げた。

翌日の四月十一日、言われた通りの普段着で通夜に向かった。

鎌倉の銭洗（ぜにあらい）弁天近く、細い坂道と石段を上がりきった場所に井上の家がある。

坂の入り口でタクシーを降りると、五、六人の記者とカメラマンがたむろしていた。密葬と聞いていたが、既にマスコミに情報が流れていたのだろう。

玄関を上がって居間の奥の和室に祭壇があった。遺影の前に原稿用紙や太い万年筆や眼鏡が置かれ、後ろの壁一面には井上の芝居のポスターが貼られている。

次作の資料だという本が積み上げられた祭壇の両脇は、庭から伐ってきた長い竹が添えられ、緑の葉で全体が覆われていた。飾り花は一切ない。花には興味がない、というより、好きでなかった井上らしい祭壇になっていた。

通夜にいたのはユリ夫人、長男の佐介（さすけ）君、井上の兄嫁と弟夫妻、次女・綾（あや）の娘、三女・麻矢（まや）とその二人の娘たち、山形から本家の樽平酒造の社長、井上の劇団「こまつ座」の二人の座員、顧問弁護士夫妻、井上が入院していた病院の顧問、井上の秘書をしていた未玲。

友人らしき人や、いつも井上の周りにいた親しい編集者たちが一人もいない。

自分一人だけ部外者のようで、ここに居てもいいのか戸惑った。なぜ、私がここに呼ばれているのか、違和感があった。

住職の読経がまったく聞こえない。私には無声映画を観ているような通夜であった。

翌十二日の告別式は、四月には珍しいみぞれ混じりの寒い日だった。この世を去る前に、井上が雪降るふるさと山形を名残惜しんで、こんな舞台を作っているように思えた。

最後の別れの時、棺の中の井上は、花の代わりにたくさんの芝居のチラシで覆われた。

骨壺には、愛用の丸い眼鏡と太い万年筆が納められた。

4

井上と上智大学で出会ってから一度も会わなかった年は、この平成二十二（二〇一〇）年だけである。

いや、結局この年も会ったのか。あっちはずっと眠っていたけれど。

五十四年間、本当に長い付き合いだった。

心友　素顔の井上ひさし　目次

あけまして
おめでとうございます

昭和44年1月1日

コマーシャルみて、サイダー飲んで
どうよう唄って、なんでも食べて
楽しい——毎日です
今年も　どうぞ　よろしく

横須賀市

小　川　荘　六
美　保　子
未　玲

賀正
親馬鹿の見本、貴兄の年賀状。
これでも川柳です。しかし、親馬鹿
また結構。今年もよろしく。

一九六九年元旦

市川市国分町
井上ひさし
電話市川

装丁＝山田和寛（nipponia）

心友　素顔の井上ひさし

聖イグナチオ教会（昭和29＝1954年）（写真提供：上智大学金祝燦燦会）

出会い

昭和三十一（一九五六）年四月、私は上智大学文学部外国語学科のフランス語科に入学した。同期生は、十五、六人程度だったと記憶している。

現役の初々しい奴は二割程度か。二浪した私も人のことは言えないが、慣れた手つきで煙草を吸う奴、背広を着慣れている奴など、何か胡散臭そうな男ばかりだった（女子学生が入学して来るのは二年後の昭和三十三年）。

その中で、麻雀をやる奴らを中心に九人が仲間になった。生涯の友となったこの仲間のうちの一人に、文学部ドイツ語科を休学の後にフランス語科に復学してきた井上廈がいた。井上が復学してきた経緯については、平成三（一九九一）年四月七日、上智大学で行われた講演「上智大学と私」でこう話している。

「私が上智大学に入りましたのは昭和二八年です。（略）私は仙台第一高等学校の出身なんですが、ちょうど中学生から高校生の間、あるカトリックの施設に……（略）ラ・サール会という、みなさんご存じでしょうけれど、（略）ラ・サールという人が世界で最初に始めた師範学校（略）これがラ・サール会です。（略）そこにカナダ人神父様の他に、日本人の修道士がいらっしゃって、その中の一人が上智大学の卒業生でした。石井恭一さんとおっしゃって、私たちの面倒を非常によくみてくれまして、（略）こういう人を出す学校というのは、相当すごい学校なんだろう、ということを考えまして、それで上智大学へ入る決心をしたんです。それでももちろん授業料もいらないと言う事で、いろいろ条件がありましたし、僕も貧乏でしたし、あまり他のを見ずに上智大学に入ってきたんですが、最初に入ったのが、文学部ドイツ文学科というところでした。まだ外国語学部も法学部もなかったと思います。文学部と経済学部があったと思います。それから文学部の中の新聞科というのは非常に有名でした。それから上智大学というと、ドイツ語というふうにも思いました。そこで、新聞記者になるか、ドイツ語を勉強するかということになり、それなら日本で一番いいかもしれない、ということで私はドイツ文学科というところに入学いたしました。これが昭和二八年です。入ってみてまずびっくりしましたが、授業の進み方の早さなんです。一学期の間にドイツ人の、今考えると神父さんですけど、ドイツ人の先生がやってきて、全部頭っからドイツ語で書いてある文法の本を、一学期の四月、五月、六月、七月でドイツ語の文法を全部あげてしまうんです。しかもその神父さんは、日本語を一切使わないんです。（略）僕はたった四カ月ドイツ語をやっただけですけど、（略）ぼくはしょうがくせいですから、（略）一応月謝のいらないという、これは学校の試験がたしか八〇点以下とるとすぐ資格がなくなちゃうというもので、もう気が狂うほど勉強しました。（略）

　夏休みには、（略）たまたま岩手県にいたおふくろのところに会いに帰ったとき、もうあの恐ろしい学校へ二度と近付かないぞ、と決心しました。

　それで、私は上智大学のこの厳しい授業についてゆけませんで、突然、釜石市の国立療養所に就職しました。

　釜石市の国立療養所に就職して最初に庶務課に配属されました。これは厚生省の役人なんで　応、国家公務員なんですね。庶務課ですから書類というのは、自由に使えますんで、自分で診断書を書きまして『この者は肺結核が初期なので、二年間休学が必要である』と。これは奨学資金をとめておく、学校側からストップされないようにするための手なんですけど、所長のハンコをペタンと押して、上智大学へ送りました。そしたらちょうどそのころのドイツ語の文学部長だったと思います、宇多五郎さんという、ドイツ語の先生がおりまして面倒を見てくれました。

（略）もう一度学校へ、あの厳しい学校へ戻ろうと決心したのは、二年ほどたってからのことです。

（「上智大学と私」Ⅰ・Ⅱ、「コムソフィア」一九九一年五月二十五日号／十月三十一日）

入学して間もない授業で、最後列に並んで座っていた井上と初めて言葉を交わした。

「コーヒー飲みに行こうか」という井上の誘いで、学校近くの喫茶店に行った。井上が、自分は山形出身で、いろいろあって上智大学は再入学だと自己紹介した。私が横須賀から来ていると言うと、子を話した。

「米軍基地の街ってどんな？」と興味を示したので、戦争中や敗戦直後の我が家の様

戦争中の我々子供の遊びといえば「兵隊ごっこ」と決まっていて、

「俺、海軍に行くんだ」「ぼくは、陸軍がいいな」などと言いながら、

「いざ来いニミッツ、マッカーサー」と竹棒を手に叫んでいた。

井上も国民学校に入学した時から四年間、

「いざ来いニミッツ、マッカーサー、出てくりゃ地獄へ逆落とし……」

と歌い暮らしていたそうだ。

昭和二十（一九四五）年八月十五日、父親がラジオを神棚に上げ、家族全員正座して異常な緊張感の中で神妙に「玉音放送」を聴いた。どうやら日本は戦争に負けたらしい。小学四年生だった私が、両親、兄、姉の沈痛な表情を見ながら、

「もうB29は来ないの？　空襲警報のサイレンは鳴らないの？　防空壕に入らなくていいの？」

と矢継ぎ早に尋ねると、父親は無言で頷いた。喜んじゃいけない空気だとは子供な

がらに分かったが、何か気分がいいと思ったことをはっきり覚えている。

井上は八月十五日正午、山形県南部の人口六千人の小さな宿場町の裏山で、松根油の原料になる松の根っ子を掘っていたそうだ。自転車で駆け付けた教師の、

「どうも戦争に負けたらしい。もう今日は根っ子掘りはやめにしよう」

という解散の合図で山を下りたという。

私は家族の中で一人だけ、神奈川県内のお寺や鎌倉の知人宅に疎開させられていたが、八月に入ると呼び戻された。戦況が厳しくなる中、「死ぬなら家族全員一緒に」という父の判断だった。

家に帰って間もなく戦争は終わったが、今度は二人の姉が入れ替わるように長野に疎開した。占領軍に大人の男は殺される、若い女は危険に晒されると噂が流れたからだ。

幸い、そんな事件が起こることもなく、姉たちもまもなく家に戻ったが、軍港をアメリカに接収された横須賀の街には、米兵たちが大勢うろついていた。

靴下にラッキーストライクの煙草を入れている水兵に、「ギブミーチョコレート！」と、一緒に遊んでいた仲間がせがんだりした。

チョコレートは欲しいが、あんな物乞いのような真似をするのは、子供とはいえ日本人としての沽券にかかわる。しかし、やっぱりチョコレートは欲しい。

そんな葛藤を抱えながら米兵に群がる仲間を横目に、友達の一人とキャッチボールをしていると、その若い水兵たちがこっちにやって来た。グローブを貸せとジェスチャーしている。無言でグローブとボールを渡すと、彼らはキャッチボールを始めた。

アメリカ人はみんな野球が上手いと思っていた私は、あまりの下手さに笑ってしまった。彼らは私たち二人にチョコレートを差し出した。

初めて食べたアメリカのチョコレートの味は、

「こんなもの食ってる奴らに勝てるわけない」と思うほど美味かった。

学校が始まると、父親が国語と社会の教科書を、墨をたっぷり付けた筆で塗りつぶしていった。これからは民主主義だから消してくれと先生に言われたそうだ。

「十歳やそこらで世の中がガラッと変わっちゃったもんな」

「マッカーサーと天皇が並んで立っている写真を新聞で見た時はギョッとしたよ。神様と鬼が並んでんだもの」

「戦時中、『進め一億火の玉だ』とか書いてた新聞記者が、戦争が終わったら『自分の顔に責任を持て』だって。よく言うよな」

「なんか変だなって、何事も斜めにものを見るような癖がついちゃってんだよ」

四谷の喫茶店「ロン」で、初対面の井上と、コーヒー一杯で二時間以上は話したと思う。

上智のゆかいな仲間たち

上智大学には神学部、文学部（哲学科、教育学科、史学科、英文学科、独逸文学科、新聞学科）、外国語学部（英語学科、ドイツ語学科、フランス語学科、イスパニア語学科）など外国語を教える学部、学科があまたあり、必然的に外国人神父の先生が圧倒的に多い。

千七百人程度の全学生に対し、百人近くの神父がいた。

入学時、日本の大学なのに文学部に国文科がないことに驚いたことを覚えている。当時、東京でも外国人は少なかったが、映画でしか見たことのないローマンカラーやスータンを着た外国人神父を目の前にして、我々は、ただおどおどするばかりだった。

世界中から集まっている国際色豊かな神父たち。（写真提供：上智大学史資料室）

井上は中学・高校時代、仙台の光ヶ丘天使園（現、ラ・サール・ホーム）でカナダ人神父と生活を送っていたから、外国人に対する免疫はできている。

私は中学校のときからフランス語をやっておりました。日本のラ・サール会といいますのはカナダ管区の経営ですから、みんな修道士の人がカナダ人なんですね。で、フランス語を話すカナダ人ですから、中学校の時からずっとフランス語を毎日習っておりましたので、（略）日常会話はちゃんとフランス語でできますし、外国語学部〔ママ〕のフランス語科に入れば、勉強するには、アルバイトで何とか食べて行けるだろう、というふうに考えて、（略）昭和三十一年にまたここへ戻ってきました。

（前出「上智大学と私」より）

そんなわけで、我々は、小さな子供が母親の後ろに隠れるように、いつも井上の後ろにピッタリついていった。金魚のフン状態でおびえる我々に、井上はニコニコしながら何でも教えてくれた。以下、我々〝金魚のフン〟の面々を紹介しておこう。

浅草橋の自宅から通学していた田村佳昭（よしあき）は、「パンタ」と呼ばれていた。白のズボンをよくはいてきたので、フランス語のパンタロンからついたあだ名だ。東京生まれの東京育ち。どんなに飲んでもまったく乱れない都会人。仲間との付き合い方も、馴れあうことなくスマートだった。そんな彼のスタイルに地方出の者から、

「土俵際でうっちゃりを警戒して腰を落とすのは、本当の仲間としての付き合い方ではない」

と文句を言われるが、パンタは反論もせず無視する。あくまで徹底的にスマートだ。

上京組で和歌山出身の渕上正喜（まさよし）。

板橋に住んでいた渕上の部屋はすべてが完璧に整理整頓されている。勉強机の一番上の引出しには、綺麗に削られた鉛筆や文具が整然と並んでいる。二段目には切り揃えられた広告のチラシが入っていた。何に使われるものかと思ったら、みんなで渕上手作りの焼きそばをごちそうになった時、食べ終わった皿の間にこのチラシを一枚ずつ敷いてから重ねて、五、六歩先の洗い場まで運んでいた。

ある日、渕上が学校に来なかったので、翌日、休んだ訳を聞くと、「電車内で靴を踏まれた」と言う。「帰って靴を磨いて、部屋の掃除をした」のだそうだ。「その潔癖症を直さないと結婚してくれる女なんていないよ」と仲間たちは忠告を続けたがまったく耳を貸さない。

栃木県宇都宮出身の大島司也(もりや)は、カンニングペーパー作りの職人。白の角封筒から名刺より一回り小さいカードを作り、米粒に書くような小さな文字でペーパーを作る。カードの先端に輪ゴムを通し、その輪ゴムを左腕にセロテープでしっかり固定し、袖口から引っ張り出す仕組みだ。

このカンニングペーパーは、何を書くのか選択することを含めて作成に二時間はかかる。勉強したほうが早いだろうとの仲間のヤジにも黙々と作り続ける。ここまでくると芸術と言えるかも知れない。

その大島が住んでいた吉祥寺の部屋で、とある土曜日の午後、麻雀をやることになった。麻雀牌（パイ）を持って来ることになったのは、愛媛県出身で杉並区西荻窪から通学の西村倉太郎。クラスに西村が二人いたので我々は「倉さん」と呼んでいた。しかし倉さんは、とうとうその日は現れなかった。

後日の彼の言い分はこうだ。

「俺は三時間は探したんだ。さんざん探したけど見つからなくて、聞いていた番地の近くに昼間から営業している飲み屋があったから、そこのオヤジにも聞いてみた。それでも分かんなかった」

そのままその飲み屋で飲んで、終電に間に合わず、歩いて下宿まで帰ったらしい。

「その飲み屋の路地から一〇メートル先がウチだよ！」

と大島が叫んだ。それでも倉さんは、

「最悪な一日だった」とぼやいただけだった。

もう一人の西村は、西村信芳（のぶよし）。

神奈川県は鎌倉の御成（おなり）小学校から県内屈指の名門、湘南高校を出ているお坊ちゃま。

海軍中佐だった厳格な父親から「上智は真面目に勉強する大学だから受けろ」と言わ

れて仕方なく入学したらしい。

父親への当てつけか、学生服が多い中、マンボズボンをはいて来たり、学校に親のゴルフクラブを担いできたり、薄い色のついた伊達眼鏡をかけたりと、ワルを演じようとするのだが、いかにも育ちの良さそうなベビーフェイスにこれがまったく様にならない。

似合わないからやめたほうがいいと言う仲間の話に、こいつもまったく耳を貸さない。

こんな信芳とは対照的に、四年間、学生服を着て通学していた佐賀県出身の真島邦雄。

コツコツ勉強する模範的な上智学生である。我々の中では例外的に生真面目なため、我の強い仲間の会話に割って入ることができない。縄跳びの輪に飛び込むタイミングが分からない運動音痴を見ているようだった。やっとの発言のチャンスにも内容がずれるのだが、その天然ボケが意外にうける。これを一番面白がったのは井上である。

いつも身だしなみのきちんとした山之内保は、成績優秀で、常に落ち着いていて、外国人神父にも臆する様子がまったくない。

そのためか呼び捨てにされることなく「山のうっつぁん」と呼ばれていた。吉祥寺にあった彼の実家は、かなりの名門であったらしい。

物静かな一徹者だが、この山のうっつぁんも実は、現役で入った文学部新聞学科を二年で見限って、井上と同じく、フランス語科に再入学してきていた。敬虔(けいけん)なクリスチャンで、「フィリップ」の洗礼名も持っている。

井上も十六歳の頃洗礼を受けており、クリスチャンネームは「マリア・ヨゼフ」。山のうっつぁんは「マリアとヨゼフなら最高ではないか」と言ったが、井上本人はこの名前に不満をもらしていた。

しかし小さなとげであったろうそんなことも、これでもかというくどさとおかしさで、こんな愉快なエッセイにしてしまうところがいかにも井上流だ。


洗礼名を「アポロニア・フロリアヌス・セバスチャン・アウグスチヌス・ニコラス・ヨゼフ・マリア」というのに決めた、とわたしが得々として言うのに、修道士が「それではまるで落語の寿限無です。長すぎます」と異議をさしはさんだのは、今、考えると至極もっともなことなのだが、そのころのわたしは、この長すぎるという意見には承服できなかった。

「この洗礼名を決めるのに一週間もかかったのです。ぼくは虫歯が多いので歯を守ってくださる聖アポロニアの守護が必要です。また、火事と疫病を避けて通りたいので聖フロリアヌスと聖セバスチャンのおふた方にも守っていただきたいのです。それから学者になりたいので聖アウグスチヌスの、安全な海外旅行をしたいので聖ニコラスの、お助けも必要です。そして、父のかわりに聖ヨゼフ、母のかわりに聖マリアにおすがりしたいのです。だからどうしても、アポロニア・フロリアヌス・セバスチャン・アウグスチヌス・ニコラス・ヨゼフ・マリアでないと困ります」

（エッセイ集5『聖母の道化師』所載「聖母の道化師」）

個性的で我儘なメンバーの中で、井上は誰もが頼りにする文句なしの兄貴分であった。

最年長でフランス語の基礎は習得済み。その上、入学当初から、浅草フランス座の文芸部員や放送作家など、普通の学生が行なうアルバイトとは別次元ともいうべき質と量の仕事をしていた。

学生であれば、授業を欠席したり、テストで失敗しても何らかの救済措置はあるが、井上の相手はそれぞれの業界のプロである。失敗すれば二度と声が掛からない厳しい世界に身を置いていたのだ。

大学近くの行きつけの喫茶店「ロン」で、井上が仕事の関係者らしい人と打ち合わせしているところを何度か見たことがある。我々と馬鹿話をしている時とはまったく別人で、働く大人の雰囲気をまとっていた。

「こんな学生もいるんだ……」

すねかじりだった我々は、この井上の様子にただただ驚くばかりだった。

さらに驚くべきことは、それだけ忙しかった井上が、授業やテストをさぼることはあっても、我々仲間のどんな遊びにも「今日はダメだ」と言わなかったことだ。

それどころか、くだらない遊びを思いつくのも大抵は井上だった。

売春防止法が公布（昭和三十一〔一九五六〕年五月二十四日）されて間もない頃、か

って「赤線」(売春が公認されていた地域の俗称)のあった新宿二丁目、花園町を歩いて、

「誰が一番声を掛けられるか勝負しないか」

と井上が言い出した。この提案に、

「いいね!」「行こう!」と即乗った我々は、その夜に全員で新宿へ繰り出し、旧赤線のあたりをうろついた。

数時間後、「彼女たちにとっては男なら誰でもいいのだ」という当たり前のことに気づいただけだったが、その後に流れ込んだ四谷の飲み屋では、くだらない話で盛り上がった。

「神父は臭せえよな」

「風呂入らねえのかな?」

「アングロサクソン系は肉食系だからだろ」

「晩飯はステーキにワインじゃないの」

「女の先生はいないのかな?」

「マードレとかシスターはいるだろう」

「女はなんて呼ぶんだ?」

「尼さんじゃないの?」

「それ、仏教じゃないの?」

「男が神父だから、女は神母だろう」

「それはないよ、『シンボ』の『シ』が『チ』になったら大変なことになるぞ」

延々と続くバカ話に、井上はいつも誰よりも嬉しそうな顔をしていた。


まるで幼稚園から一緒だった友達のように、好き勝手に自分の言いたいことを話し出す。面白い話には誰かしらが乗っかるが、つまらない話はまったく無視される。

自分の考えに自信があるわけではないのに、頑固で疑い深く、斜に構える癖は我々世代の特徴かも知れない。それでも本音で話せる仲間は欲しかった。我々は運のいいことに、ここでそんな仲間と出会えたのだ。

占領された我が家とたまり場の歴史

この上智の仲間たちとはとにかく遊んでばかりいた。

麻雀、映画、ビリヤード、飲み会、歌声喫茶。終電に乗れなければ、深夜喫茶で朝を迎えてそのまま学校に行く。それでももっと喋りたいし、一番好きな麻雀ももっとやりたい。が、しかしそれには場所代や食事代がかかる。

「パンタさんちが浅草橋だから一番近いよね」

「ダメだよ。兄弟いっぱいいるから無理無理」

「倉さんの西荻の下宿は？　中央線で便利じゃん」

「六畳一間のアパートだよ」

「大島は吉祥寺だろ？」

「姉さんの家に居候中だから」

「板橋はちょっと遠いけど、渕上のところは？」

「俺も兄貴の借りている家に四年間だけの約束で置いてもらってるんだよ」

「鎌倉の信芳のところは？」

「おやじに殴られる」

「小川の家は？」

「四畳半二間続きに一人で寝起きしてはいるけど……」

「じゃあ、徹夜で麻雀できるよね！」

「横須賀だぜ？　うちだってきょうだい多いし……」

「小川んちがいいと思う人ー！」

こちらの事情も承諾もなしに、賛成多数で我が家に決まる。

雀荘（ジャンソウ）の場所代が浮くことになったとはいえ、貧乏学生たちが横須賀の我が家に来るにはそれなりに交通費がかかる。昭和三十一、二（一九五六、七）年頃、都内から横須賀までは、電車で往復三百円ほどかかった。

ちなみにその頃の物価は、国鉄の最低運賃が十円、バスが十五円？（これは都営バスの値段で、私の地元の京急バスも同じだったかは分からない）、ラーメン一杯二十円、煙草三十円、ピースは四十円、公務員の初任給は約八千円、都市勤務サラリーマンの平均月収が二万七千円前後（参考・上智大学一九六一年卒業生五十周年「金祝」記念誌――わが青春時代に今がある――）。

二泊三日、三泊四日タダ飯が食えるといっても、この時代の三百円は学生にとってかなりの負担であった。

彼らが横須賀の我が家まで通い続けるには、それなりの工夫と努力が必要だ。まず、都内在住の大島、田村、渕上、西村倉太郎の四人は、各自の通学定期券で乗車する。四谷の聖パウロ学生寮から大学まで徒歩通学のため定期券を持っていない井上は、四ツ谷駅から次の市ヶ谷までの初乗り十円切符を買って乗車する。東京駅で横須賀線に乗り換え、鎌倉で降りて全員がホームに留まる。

ここからは鎌倉在住の西村信芳が忙しい。初めに鎌倉駅西口で横須賀駅までの切符を買って、駅員に鋏を入れてもらい、反対側の東口改札口を自分の通学定期券で出る。次に東口で横須賀までの切符を買い、西口改札口を通学定期券で出る。

二往復半して手に入れた鎌倉から横須賀までの三十円の切符五枚が、ホームで待っている五人に手渡される。信芳自身は横須賀駅まで三十円の乗り越し清算をする。バス代十五円を加算して、定期券組は四十五円、井上は五十五円で私の家に来られるという仕組み。

この頃、さんざんキセルをした贖罪のつもりではないと思うが、井上は国鉄時代からのスワローズファンだった。

しかしこの方法は、信芳に負担がかかりすぎるし、あまり頻繁では駅員に疑われる。そこでもうひとつの方法を編み出した。

鎌倉駅ホームでの集合までは同じ。上り下りの電車が途絶えたのを確認してから、「すいません。通り抜けお願いします」

と挨拶して改札を東京組が出る。

当時の鎌倉駅は、西口から東口に抜ける道がなかった。今は連絡通路ができているが、当時は、駅の東側にある鶴岡八幡宮へ行こうとして、うっかり西口改札に出てしまうと、大きく遠回りしないと行けない。大変不便であることは駅員も充分承知していて、「通り抜けお願いします」と断れば、黙認して通してくれる。のんびりしたいい時代だった。

こうして無事に改札を出たのち、五分ほど間を空けてから、横須賀駅までの切符を買って再び鎌倉駅から乗車する。

横須賀から帰る時は、次の田浦駅までの初乗り十円切符で、通学定期組は各々定期券で帰宅する。井上は定期券組の一人に四ツ谷駅で十円の入場券を買ってもらって降りる。

こうして往復三百円かかるところを七十円（井上は九十円）ですまし、横須賀の我が家で二泊、三泊とタダ飯にありつくのだから、充分採算は合うことになる。

この思い出話を書くにあたって「参考になれば」と、井上が学生時代に書いていたノートをユリ夫人が見せてくれた。表紙に〈一九六〇年以前〉と手書きされたそこには、ご丁寧に家の見取り図までつけられて、当時の我が家の印象が記されている。

横須賀にて、

十一月一日、横須賀にいく。横濱以南には物心ついてから行ったことがなかったので、まっくらでなにも見えなかったが横須賀線での一時間は樂しかった。横須賀は釜石と非常に似ている。一本街で潮の香りが、街のどこにもしみこんでいた。小川の家は米ヶ濱通りといってずいぶん奥にある。そこまで海の香りはやって来ていた。そして彼の家は旧い家だ。

間取は上図〔左頁〕の通り。おれたちが入っていったとき、若い女の人が茶の間の茶卓をふいていた。

私は年恰好から見て、姉さんの好子という人かと思った（あとでわかったが妹の千鶴子さんだった。）

印象を一言で言うと、実にやわらかみのある……菩薩様のような娘さんだった。

彼の部屋は室の丁度上にある。四帖半が二つの、古いが落ち着いた良い部屋だった。

彼女はお茶を持って入ってくる。黒と白の粗い布のスカートと、茶色のナィロンの縮んだセーターを着て、髪の毛は無造作にまとめてある。近くで見ると千鶴子さんは肥っている。顔にもそれが出てはいるが、顔立ちは悪くない。しかし、彼女のいちばん良いところは、声だろう。

若尾文子の声と似ているが、あれよりもずっと軽く若い。そして育ちの良さが立

郵便はがき

料金受取人払郵便

麹町支店承認

9089

差出有効期間
2020年10月
14日まで

切手を貼らずに
お出しください

1 0 2 - 8 7 9 0

1 0 2

［受取人］
東京都千代田区
飯田橋2－7－4

株式会社 **作品社**
営業部読者係　行

【書籍ご購入お申し込み欄】

お問い合わせ　作品社営業部
TEL 03(3262)9753／FAX 03(3262)975

小社へ直接ご注文の場合は、このはがきでお申し込み下さい。宅急便でご自宅までお届けいたしますす。送料は冊数に関係なく300円（ただしご購入の金額が1500円以上の場合は無料）、手数料は一律230円です。お申し込みから一週間前後で宅配いたします。書籍代金（税込）、送料、手数料は、お届け時にお支払い下さい。

書名	定価 円	
書名	定価 円	
書名	定価 円	
お名前	TEL　（　　）	
ご住所 〒		

フリガナ
お名前

男・女　　　　歳

ご住所
〒

Eメール
アドレス

ご職業

ご購入図書名

●本書をお求めになった書店名

●ご購読の新聞・雑誌名

●本書を何でお知りになりましたか。

イ　店頭で

ロ　友人・知人の推薦

ハ　広告をみて（　　　　　　　）

ニ　書評・紹介記事をみて（　　　　　）

ホ　その他（　　　　　　　　　）

●本書についてのご感想をお聞かせください。

ご購入ありがとうございました。このカードによる皆様のご意見は、今後の出版の貴重な資料として生かしていきたいと存じます。また、ご記入いただいたご住所、Eメールアドレスに、小社の出版物のご案内をさしあげることがあります。上記以外の目的で、お客様の個人情報を使用することはありません。

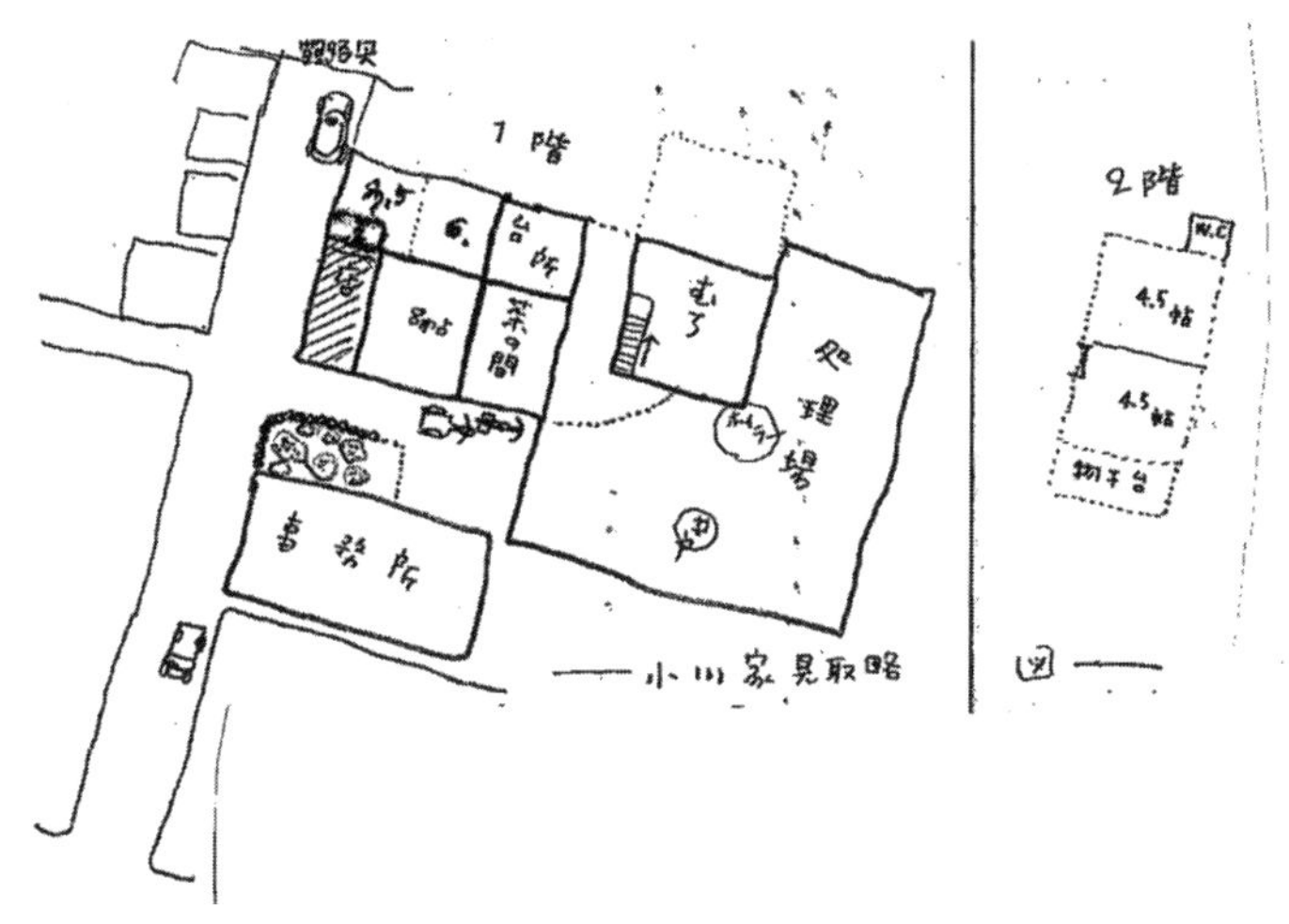
1階
台所
茶の間
処理場
事務所
小川家見取略図
2階
W.C
4.5帖
4.5帖
物干台

居振舞を天女の優雅さにしていた。（略）
（略）小川の兄さんはあらゆる男性（いまゝで逢った男性、その中から兄と弟と父と……私を除いて）の中でも、その気品と人の善さとによって一番いゝ完全な男だ。
おそらく、自分の仕事にホレて、それに誇りを持ち、あの一家を背負って立っているという確信（こゝで、この言葉を使いたくはないがこの外に言葉はない。）が、彼にあゝいう完全さをあたえているのであろう。
二泊三日、ゴロ〴〵して東京に帰ることになる。千鶴子君も姉さんの方も東京へいっしょに行くことになった。彼女のすばらしさは、彼女が沈黙を守り自己を完全に殺すという、普通の娘とは逆の手をとることによって、一層輝いていた。しかし逆の手をとるというのは言いすぎで、彼女のすばらしさは、こういう態度を必然にとらざるを得ないのである。（略）
彼女たちは私をひどい貧乏ものだと思っている。
四谷で川場瀬卓三の「モリエールのドラマツルギー」を求めた。八五〇円は痛いが、「サンチヤゴ」の飜訳料をまわした。

（「ノート」一九六〇年以前。字体、かな遣いは原稿のまま。以下同）

ずいぶんと立派に形容されている「小川の兄さん」とは、父ともやし屋をやっていた兄・恵五のことだ。大学進学もあきらめて、長男でもないのに寝る暇もない家業を継いだことは「偉いなあ」と私も思っていたが、井上の目にはこう映っていたらしい。

着ているものから声の質まで、細かく描写されているのは家事手伝いをしていた妹の千鶴子。昭和三十一（一九五六）年当時の我が家は、この兄と妹、両親と中学校教諭の姉・好子、そして私の六人家族だった。高校教諭をしていた一番上の兄・省二は結婚して既に家を出ていたが、勤め先の高校が近いこともあって、教え子たちを連れてしょっちゅう顔を出していたし、他にも住み込みやら通いやらで使用人が三人出入りしていた。

見取り図にある「処理場」というのは、もやしの製造を営んでいた我が家の作業場だ。もやしを育てるには大量の水を使うため、土間はいつも濡れていて、図の中の「茶の間」と「むろ」を結ぶ点線部分にはすのこ板が二枚置かれていた。

母屋からここを渡った二階、もやしの樽がある室の上に、四帖半二間続きの私の部屋があった。

夕方、井上を含めた六人が横須賀の我が家にやって来て、まず母屋の広い台所で晩飯を摂る。その後は「すのこ板」を渡って二階に上がり、徹夜での麻雀となる。

当時、井上は麻雀をやらなかったが、この麻雀組と常に行動はともにしていた。

翌朝、階段を降りて「すのこ板」を渡り、母屋の台所で朝飯を摂る。食べ終わったら二階に上がり麻雀を続け、昼飯時にはまた階段を降りて「すのこ板」を渡って母屋の台所に。午後は二階で麻雀が続く。やがて階段下から「夕飯ができたよ」の声に、階段を駆け降りて「すのこ板」を渡り母屋の台所の食卓へ。延々とこの繰り返し。「すのこ板」を何往復もしつつ、二階でずっと麻雀やトランプをやっていた。

二泊三日、たまには三泊四日となることもあるこの合宿は、二、三ヶ月に一度の割合で、二学年が終わるまで続いた。

私の親もきょうだいたちも、よく黙っていたものだと思う。それどころか、子供好きの父は、いつもニコニコとむさ苦しい男たちを歓迎していた。

私の同級生とはいっても、この無頼漢のような奴らに驚くでもなく、当たり前のように私の家族が振る舞えたのは、戦時中からなにかと人が寄りついていた我が家の昔ながらの生活環境や習慣に起因するのかも知れない。

のちに我らのたまり場となる二階の四帖半二間続きの部屋は、上の兄・省二が結婚して家を出るまで、私と二人で寝起きしていた場所だ。

「小川商店」は明治時代から味噌の製造と販売を家業としていた。軍港都市である横須賀という土地柄、海軍工廠などにも味噌を納めていた。

戦中の昭和十六（一九四一）年頃の我が家は、両親と兄弟姉妹が男四人女四人の大家族だった。その上、製造場で働く四、五人の職人、それにお手伝いさんが二人という十五、六人の大所帯。

町内会長をしていた父は、警戒警報のサイレンが鳴ると、何をおいても町内会館に詰める。四六時中サイレンが鳴るそんな状況の中でも、東京物理学校（現在の東京理科大学）に通っていた兄の省二は、黒い大きな布で包んだ電灯の下で勉強していた。

「小川さん、二階から明かりが漏れていますよ」

と、巡回している隣組の役員に注意されることも度々だった。

兄はこの戦争に懐疑的で、父としばしば口論していた。

一年生の時に肋膜を患い、進級試験を受けられず留年していた兄は、当時、学内で「理論物理学より応用物理学のほうが徴兵されるのが後になる」との噂があったことから、二学年進級試験では倍率の高い応用物理学科を受けて進級した。

この兄には、同じく一年生を留年した川井さんという親友がいた。あまりに我が家に入り浸っているので、当時、国民学校に入ったばかりの私は、下宿しているとばかり思っていた。

川井さんは留年中途で進級を諦め、日本海軍の予備学生制度に志願し、海軍少尉となった。戦争中のある日、その川井さんが我が家にやって来た。

「今度、人間魚雷に乗ることになりました。もう生きて帰ることはないと思います。天皇陛下からと、これを渡されました。お父さん。大変お世話になりました」

そう言って、父に恩賜の煙草を差し出した。息子のように可愛がっていた川井さんの言葉に父は、無言でしばらく立ち尽くしていた。

敗戦直後の十月頃、川井さんがひょっこり我が家に現れた。

「川井さん？　本当に川井さんだ！」

「川井さんがいる！」

　家中が大騒ぎになった。

「どうしたの？　人間魚雷に乗ったんじゃないの？」

「乗ったよ。でも敵艦が見つからなくて、仕方なく帰還したんだ」

「川井さん、逃げ回っていたんじゃないの」

「敵艦に突っ込む時、なんて叫ぶつもりだった？　『天皇陛下万歳！』？　それとも『おかあちゃん！』？」

「ドキドキした？　怖かった？」

「目を開けていた？」

　我々の不躾な質問攻めにも、川井さんは嫌な顔もせず、穏やかな笑顔で答えてくれた。久しぶりに我が家に笑い声が響いた。

　川井さんの他にもう一人、今度は本当に居候となった大田さんという人がいた。

　空襲が激しくなる中、横須賀線が不通にならない限り、兄はいつも大きな弁当箱を持って物理学校に通っていた。

「何でそんなでかい弁当箱を持っていくんだ」

ある日、父に尋ねられた省二兄さんは、

「大阪から出てきて東京で下宿している同級生が、栄養失調状態なんだ。せめて昼飯だけでも何とかしてやろうと思って、二人分の弁当を母さんに作ってもらってる」

と白状した。

「そんな面倒くさいことしないで連れてきな。うちから学校に通えばいい」

父のこの計らいで、二人分の弁当を持っていかなくなった兄の部屋には、大田さんが住みついた。卒業までの四年間を我が家で過ごした大田さんは、その後、民間企業に勤め、父が見合いをさせた小学校の先生と結婚した。見合いの時に乗った遊覧船で、大田さんはずっとグーグー寝ていたそうだ。兄の話によると、実は私の姉と結婚したかったらしく、見合いには乗り気ではなかったらしい。


結局、兄は戦争に行かずにすんだ。昭和二十（一九四五）年、少しでも早く学生たちを徴兵するため、すべての大学や専門学校の卒業が半年早められることになり、翌年三月に卒業予定だった兄も、九月には学校を出て、航空技術見習士官となるはずだった。しかし、八月十五日に敗戦を迎えたのだ。

戦時下の中途半端な授業しか受けられずに物理学校を卒業してしまった兄は、もう一度学び直したいと考えていたが、昭和二十二（一九四七）年、地元の県立横須賀中学校の校長に熱望されて、化学と物理を担当する教師になった。後に、県立横須賀高等学校となったこの学校に、私も昭和二十六（一九五一）年に入学した。

その頃、兄が顧問をしていた科学部の部員七人が毎週のように我が家に来ていた。私より二年先輩で、昭和八（一九三三）年生まれの彼らは、戦後の六・三・三制度の狭間に、旧制中学へ入学して新制高校を卒業するという変則的な教育を受けていて、その結果、兄が足掛け六年間面倒をみた教え子たちだ。

彼らは兄がいない時でも、

「別に先生には関係ないんだ。勝手に来ているだけだから心配しないでいいよ」

と言ってやって来て、仕事をしている父と恵五兄さんが、

「いらっしゃい」と声を掛けると、挨拶をしながら当然のように二階へ上がり、レコードを聴いたり、お喋りしたりして三時間は居座る。そこへ妹がお茶を運んでいく。

ちなみにこの七人はたいへんな秀才揃い。家庭の事情で一人は企業に就職したが、東大合格者が三人、あとの三人も東京教育大学、商船大学、早稲田大学へとそれぞれ進んだ。

この中で、一浪して東大に入った浅羽さんも、我が家に一年間居候していた。朝日生命の横須賀支店長をしていた父親が広島に転勤になったためだ。一浪といっても横浜国立大学には受かっていたので、わが家から横浜国大へ通学することになったのだ。

居候初日に家族全員で出前のラーメンを取って歓迎した。

「浅羽さん、このラーメンは汁まで全部飲み干して、器の底に『当たり』が出るともう一杯貰えるんですよ」

もちろんこれは小川家恒例の冗談だ。家族は次々と「はずれちゃった」と呟き、一生懸命ラーメンの汁を飲み干している浅羽さんに尋ねる。

「どうでした？」

「当たりませんでした！」

我が家の洗礼を受けた素直な浅羽さんの様子に、家族は笑いをこらえるのに必死である。

高校三年生の初めに肺炎で長期入院し、やむを得ず東大受験を諦めた伊藤さんは、商船大学に合格したことを省二兄さんに報告に来てくれた。

「先生、僕、泳げないんです。商船大学、大丈夫ですかね」

我が家の二階に集まってきたのは、こうした生徒たちだけではない。

兄の学校の先生たちも、週に一度はこの部屋で麻雀をやっていた。

メンバーは、物理・化学担当の久保寺、堀江、五十嵐の三先生、数学の園部先生、国語の志賀先生、私の入学と一緒に新任教師となった世界史の手島先生。兄を含めたこの七人のお茶くみと出前の注文取りを私と妹が担当していた。

当日のメンバーが五人の場合は、順番を待つ先生が私の家庭教師になった。三人の時は私がメンバーに入る。

麻雀の本を買って勉強している初心者の手島先生が、

「ツモりました！　モンゼンヘイワです！」

と叫ぶと、私が後ろから先生になって注意する。

「先生、それはメンゼンピンフ（門前平和）と言ってください」

この頃、二階のベランダから見渡す限り、テレビのアンテナは一本も見えなかったが、テレビ放送が始まった当初から、我が家にはテレビがあった。

とはいえ、今のように一日中番組が放送されているわけではないので、長い時間テストパターンを見ていた。最先端の家電があることがみんな嬉しかったのだろう。テレビは一日中つけっぱなしにされていた。夕方に電圧が下がるとテストパターンが小さくなり、夜遅く電圧が上がるとバシバシとテレビが放電する。日本テレビの放送の最後に折り鶴が飛んで終わるのを見てからようやくスイッチを切る。

テレビの他にも、ステレオや大きなスピーカーが我が家にはいち早く導入された。兄が理系の大学に進んだ教え子に秋葉原電気街で部品を調達させ、二階で組み立てさせていた。

このように、上智の仲間がたむろするずっと前から、すでに我が家がたまり場になる素地はできていたわけだ。

麻雀仲間と井上ひさしと横須賀

終戦後、我が家は味噌屋からもやし屋に転業した。のんびりした個人経営の味噌製造業は、大企業の資本力と機械化のスピードにあっという間に押しつぶされた。味噌は糀（こうじ）作りから始まり、大樽で最低三ヶ月は熟成させて出来あがる。つまり、三ヶ月以上資金を寝かせることになる。一方、もやしは一週間で成育する。商品の回転が早く、資金繰りがラクになると知人に勧められたのだ。これに父も期待したのかも知れないが、もやしは昔から卸単価が安く、家計は決してラクではなかった。それどころか、一週間で育つもやしは、例えば、正月七日に初荷分を市場に出すためには、前年の十二月三十一日に仕込まなければならない。つまり、三百六十五日、一日も休みという日がない。

我々の遊んでいる部屋の真下にあった室（むろ）は、戦前に味噌の糀を発酵させていた場所で、低い天井の下、もやしの詰まった四十樽が、二段重ねで一杯に積まれていた。

この樽に水を万遍なくかける。片手に持った太いホースで樽の上から水をかけると、樽の下にある穴からは、もやしが成長する際の熱を吸って温まった水が出てくる。この穴から出てくる水にもう一方の手を当て、ホースから出てくるのと同じ温度になるまで水をかけ続ける。正確に六時間おきにこうして冷水をかけないと、もやしはすぐ腐ってしまうのだ。

徹夜で麻雀をしている我々のうち、手の空いている者は、真夜中の十二時と朝の六時の水かけを交代で手伝わされる。室の温度は三〇度以上、湿度は八〇パーセント以上、この環境で一時間以上の水かけ作業をした後には全身に汗が滴る。したがって、我が家に来る時は、全員替え着を持参することが必須条件であった。

麻雀をやらなかった井上が一番多く室に入ったのではないかと思う。


ある年の冬休みには、こんな事件もあった。

いつものように我が家で麻雀とトランプをしていた夕暮れ時、隣接した裏の家から叫び声が聞こえた。米軍の兵隊が出入りする怪しげなこの隣家からは、奇声や大声がしょっちゅう聞こえたりするので、普段、裏側の雨戸は閉めきっていたのだが、この時はあまりの騒がしさに我慢できず、怒鳴ってやろうと雨戸を開けた。するど、三メートルと離れていない隣家の窓を破って、勢いよく炎が噴き出している。火の粉が我が家の屋根を越えて反対側のベランダまで回っていた。

この火事騒ぎについても、井上は例のノートに詳しく記している。

麻雀を始めて間もなく、どこかでサイレンが鳴った。パン太さんが『横須賀は火事が多いですな』などといつもの伝で、少々気取って摸パイしている。信芳はスゴイ手をがめてるらしく、ブウブウ三味線を弾いていた。倉さんはいつもと同じく口には出さず、やがては決して酬られたことのない闘志をひめているし、渕上は相変らず強引のマージャン。小川が上って来て、ちょっと麻雀を眺めていたが、気になると見えて物干台に行った。

これからが大変。

燃えているのはとなりの家だった。小川が「火事だ!」と絶叫しながら階段をかけおりた。小川の裸足がなんとなくよごれていたのをおぼえている。誰かが「火事はどこだ」と小川にたずねる。しかし小川はどんどん階段を下りて、下で怒鳴っていた。これからの二階のうぞうむぞうのあわてぶりがケッ作だった。まず便所のわきのガラス戸をあけると火がボッととびこんで来た。いずれもウロウロしてどうしていいかわからない。僕はことさらに落ちついた風をよそほっていたが、ボンヤリしていても仕方がないので階段を下りて、工場の水道をゴムホースでつないで小規模な放水をやっていたどこかのおっさんの手伝いをした。手伝いをしたといっても案外足手まといで邪魔になったかも知れない。とにかくホースの口を持って火をめがけて水をジャアジャアあびせかけた。

しかし火の手は強くなる一方で顔が焼けて来るようだ。これはだめだ。小川の家が焼けてしまうと観念したとき、消防隊がとびこんで来た。消防隊のポンプはこっちの十倍もあるし、そいつが四、五本でジャジャやったのでアッという間にうそのようにきえてしまった。

信芳はマージャンを持って逃げた。しかしいちばん見事だったのは千鶴子さんの沈着さだったという。おれはみていなかったからわからなかったが渕上がおれにおしえてくれた。彼女は顔色もかえずにとびこんで来ると、ウロウロしているデクの棒たちに「あれを運んでください。これは焼けても仕方がないですからそのままにしておいて下さい。」と立派な文章でしゃべったという。かかる火急な場合にしかも嫁入前の二十娘がちゃんと文章になった日本語を話せるということはオソルべきことだ。


井上はこう記録しているが、私の記憶とは違っている部分がいくつかある。確かに妹の千鶴子は冷静に避難指示を出していたし、信芳は、

「聴牌(テンパイ)しているから、この局だけはやっちゃおう」

などと、この期(ご)に及んでふざけたことを言っていたが、

「ホース！」

と兄の恵五が叫んだのを合図に、普段からもやしの水やりを経験していた面々が、井戸から太いホースを目一杯伸ばして水をかけ、見事に鎮火させたのだ。

我が家の一〇〇メートル先にある消防署から消防車が来る前に、消防士さながらの連携で消火したにもかかわらず、どこからも賛辞や感謝や御礼の言葉を貰えず、拍子抜けしたことをはっきりと覚えている。

さらにこの時、井上が本棚から抜き出した五、六冊の本を両脇に抱えて階段を駆け降りてきた姿もしっかり目に焼き付いている。

大学二年生の時、私は虫垂炎で家から近い総合病院に十日間ほど入院した。明日か明後日には退院という日に、いつもの仲間がはるばる見舞いにやって来た。病室で談笑していると、井上が突然尋ねた。

「前にかがめるの？」

手術で腹を切ってはいたが、かがめないことはないと答えると、

「手を伸ばして前の人のパイが取れれば麻雀はできるだろう」

麻雀をやらないくせに、なぜそんな余計なことを言うのか。案の定この一言で、

「そういえばそうだ！」

と盛り上がった仲間に強制退院させられ、そのまま我が家の二階に直行し、早速麻雀に興じた。

その日の夕方、何も知らずに病室にやってきた父は、看護婦に、

「息子さん、先ほど退院されましたよ」

と告げられたが、この程度のことには既にまったく驚かなかったようだ。

ある時には、

「石原裕次郎に倣って誰が一番のタフガイか勝負しないか」

と井上が提案したことがあった。

「徹夜で麻雀して、そのまま観音崎灯台から三崎の城ヶ島まで三浦半島をサイクリング。近所の銭湯に行って、夕方から映画館へ。映画を観終わって、ここに帰ってきて、どんな筋書きの映画だったか言えた者がタフガイ」

「面白そうだ！」と何の疑問も持たず、すぐその気になる仲間たち。

これが井上にまんまと仕掛けられていたことに気づいたのは、すべてのスケジュールをこなした後だった。

夕方、映画館で席に着いた我々は、劇場が暗くなって映画が始まるとすぐに井上以外の全員が爆睡。結果、タフガイの称号は井上のものとなった。

前夜の井上は、徹夜の麻雀組と少し離れた部屋の片隅で本を枕に熟睡していたのだ。

麻雀の合間に井上も入って全員でトランプをやる。神経衰弱からポーカー、何のゲームをやっても、何回やっても誰も一回も井上に勝てない。これにも実は井上の仕組んだからくりがあったのだが、だまされやすい仲間たちは気づくこともなく、ギャンブラーで食っていけると絶賛した。

麻雀に興味がない井上は、ほとんどの時間、本棚の『新潮現代世界文学全集』を麻雀組に付き合って徹夜で読んでいた。

数十年後、千葉県市川市の井上の家に遊びに行った時のこと、編集者たちにも、取材でも立ち入らせないという通路の奥の本棚から、その全集の一冊を取り出して見せ、「横須賀から一冊持って来ている」と、気まずそうに言った。

井上は本に飽きると、階段を降りて「すのこ板」を渡り、母屋の茶の間で私の家族と長い時間談笑していた。

当時の井上のノートにはこんな一文が書かれている。

「ウラニュムとパールのロマンス

わたしのモーツアルト」を書き上げた。「わが町」の方は小川荘六君の姉さんが清書してくれた。とてもよくやってくれた。

麻雀をやらなかった井上が、私の家族と一番長い時間を過ごしていたことは確かである。しかし、姉にこんな仕事を頼んでいたなんて、六十年後にこのノートを読むまでまったく知らなかった。

当時の我が家のことを、井上は兄の省二に宛てた手紙の中にも書いている。

平成十三（二〇〇一）年に首相となった小泉純一郎が高校生の時、兄は担任教師であった。たとえ国の最高指導者になっても、教え子は教え子。総理大臣になってからも度々会ってはなにかと相談にのっていたという親しい関係だったこともあり、いつまでも子離れしない親のように、いらぬ心配をしていた。この年の八月九日に井上が寄稿した新聞記事を見て、

「小泉首相の靖国神社参拝に私は反対だが、どう考えるか」

と井上にＦＡＸを送ったらしい。

その返信を預かるまで、私はまったく知らなかったが、忙しい中、こんなに律儀で丁寧な手紙を書かせて申し訳ないと思っている。

ＦＡＸ拝受まことにありがとうございました。拝読するうちに、昭和三十年代前半の米ヶ浜の小川家の様子がくっきりと目の前に現われてまいりました。当時、小川家のような奇得なお家は珍しかったと思います。なにしろ休みのたびに大勢で押しかけて、あのもやし工場の上の座敷を占領し、三日も四日も麻雀の仕放題、しかも三度三度の食事も御馳走づくめで……それなのに荘六さんのご両親はいつもにこにこしておいでてでしたし、あんな楽しい毎日って、ありませんでした。もし過去へ戻れるものなら、わたしは第一番に「あのころの小川家」を選びます。わたしは麻雀が苦手でしたので、中学校の先生をなさっていた荘六さんのお姉さんの蔵書を片っぱしから読ませていただいていました。妹さんの千鶴子さんには、よくお茶を入れていただき、なにもかも引っくるめて小川家は貧乏学生のわたしには「天国のような所」でした。

夕方、「バス通り裏」という連続ドラマがはじまる頃、省二さんが聖子（注——省二の長女）さんを抱いて奥様といっしょにいらっしゃって、その聖子さんがなぜかわたしに抱かれると泣きやんだりして、そうした懐しい場面がいまもはっきりと目の裏に焼きついています。荘六さんはいわば「心友」ともいうべき存在で、上智に入った唯一の取柄は、彼と出会ったことで、いまは彼のお嬢さんがわたしの秘書をしてくださっているという塩梅、かれこれ半世紀近くも、いわば小川家のお世話になっている勘定です。

省二さんが小泉首相の恩師であることは荘六さんにうかがっていました。それにしても小泉さんは自分で自分に「罠」を仕掛けてしまいましたね。参拝してもしなくても負荷がかかってしまいます。どっちを採っても評判を落してしまうことになるわけですから、わたしは初心に返った方がいいと思います。なぜ自分にこれだけの人気が集まってしまったのか。そこへ立ち返って、誠実につとめを果すしかありません。（略）わたしは一介の物書きですから、自分の場所から正直に物を言いつづけるだけです。

そば屋の竹扇や紀ノ国屋へは、わたしもときどき参ります。どうかお声をおかけください。それよりもおひまがおありなら拙宅へお越しください。奥様や聖子さんへもよろしくお伝えくださいますように。ご住所がわかりませんので、手紙を荘六さんに託します。いつまでもお元気で。

十一日深夜　井上ひさし

小川省二様

五歳で父親を亡くし、十四歳の時から児童養護施設で暮らすことになった井上にとって、賑やかな家庭の中で過ごす時間は、経験したことのない特別なものだったのかも知れない。

それにしても、我が家の背景、家族状況に充分に配慮した文面は、なんとも見事！さすが井上だ。

新聞（左頁）では小泉首相にこんな厳しい発言をしているのに……

内閣と言えば、橋本内閣が誕生して何年か経った時、

「橋本首相のスピーチライターを頼めないかって打診が橋本事務所からあったんだ。この俺にだよ？　あちら様もなに考えているんだか。取り巻きがアホなのかな？　も

「首相の靖国参拝問題」〈平成十三＝二〇〇一年八月九日朝日新聞（文化）〉

文化

首相の靖国参拝問題

生者が「忠死者」集める傲慢
「神様になれる」を国が承認

井上　ひさし
作家

34年山形県生まれ。日本ペンクラブ副会長。「こまつ座」の座付作者としても活躍。著書に『吉里吉里人』『東京セブンローズ』など。

靖国神社は、たとえば、「ぼくのような優秀なパイロットを殺すなんて日本もおしまいだよ」と吐き捨てるように言って亡くなった関行男海軍大尉を祀った。関大尉は神風特別攻撃隊「敷島隊」の指揮官、爆装ゼロ戦で米空母カリニン・ベイに体当りを試み、太平洋戦史上はじめて命中に成功した名パイロットだが、フィリピンの基地を飛び立つ前日、現地にいた同盟通信社（共同通信社の前身）の小野田記者に彼はこう洩らした。

「やらせてくれるなら、体当りしなくても、五百キロの爆弾を敵の空母に命中させて帰ってきてみせるのだが。……ぼくは明日、天皇陛下のためとか、大日本帝国のために征くのではない、最愛のKA（ケイエイ・妻を意味する海軍隠語）のために往くよ」

強いられた死を前に、関大尉と同じ思いを抱く若い人たちが大勢いたことは、『きけ　わだつみの声』（岩波文庫）や『世紀の遺書』（講談社）といった書物を読めば、だれにも判然とするはず。

ちなみに敷島隊の成功を知った海軍指導者層は、ほかの部隊や陸軍航空隊にもこの安易でむごい攻撃を押しつけ、ついに彼らは、若い人たちに生きながらにして爆弾になれ（桜花）、魚雷になれ（回天）と命令する。こうして特攻戦死者の数は四千四百を超えたが、その命中率は、わずか一六・五パーセントだった。

●退廃した思想で

東京帝大法学部出の渡辺辰夫陸軍主計大尉は兵の命の軽さについてこう書いている。

「野砲兵と馬、それは切っても切れぬ関係があり、人間よりも馬の方が遥かに大切である」

渡辺大尉も敗戦の四カ月前、ビルマで戦死した。二十九歳だった。

このように若い人たちが言い残した言葉を丁寧に紡いで行くと、あの戦さが人間の命を一銭五厘と軽く見積もった傲慢な、そして退廃した思想のもとで戦われたものだったことがはっきりと浮かび上がってくる。

さらに二例、陸軍特別攻撃隊「八紘隊」の馬場駿吉少尉は、戦友に、「もし、貴様が生き残ったら、戦闘機が爆弾を抱えて体当りしなければならなかった事実を、きっと後世に伝えてくれ」と言い残して飛び立ち、京都帝大経済学部に学んだ林市造海軍少尉は、「私はお母さんに祈ってつっこみます」と書き残して沖縄の空に散った。

●魂そっと静かに

この人たちは祖国にはげしく絶望しながら、爆弾よりも数倍も重い怒りを抱きながら、あるいは母を、妹を、子を切ないまでに思いながら亡くなっていったが、あの大戦争で亡くなった幾千万（もちろんアジアの人たちも含む）のなかには、同じ思いの人たちが圧倒的に多かったろう。これらの人たちの最後の思いを無視して、生者が、しかもその人たちに死を強制した者たちが、その人たちの霊を自分たちの都合にあわせて勝手に選別した上で、そのなかの「忠死者」を一つところに集めて「神様」扱いにするのは、それこそ傲慢というものである。

さらに、「天皇のために忠死すれば神様になれるという回路」をこしらえあげて、べつの若者たちをその回路に誘い込もうとするのは、この世に思いを残して死んで行かねばならなかった人たちにたいする二重の裏切りである。亡くなった人たちのご家族への補償をできるだけして、あとはあの人たちの魂をそっと静かにして置いて上げる。そして生きている者は、これらの非業の死の意味を深く噛みしめながら、自分は二度とこのような死に方をしないし、他人にもさせもしないと、心のうちで強く誓いながら生きて行くしかない。

●国の「公的表現」

首相の靖国参拝は、わたしたちをゆるやかに束ねながら、わたしたちの共通の価値ともなっている憲法にも背き、しかも「国のために戦って死ねば神様になれるという回路」を一国の方針として承認することになる。つまり首相の靖国参拝は、「日本は紛争解決の手段として戦争を選びもするぞ」と天下に公言することになりかねない。天皇の軍隊によって、運命をひどく悪い方へ変えられてしまったアジアの国々が危機感をもつのは当然である。

首相の参拝は思い止まってほしいと、国民の一人として切に願っている。首相は公人のなかの公人、首相が転べば公的に転んだことになって大騒ぎになるし、首相が雪隠に入っても、それは公的な排泄行為になる。指導者の排泄物をひそかに採集して、健康状態を探り、それを外交に利用するというのは秘密情報機関のイロハだからそういうのである。一挙手一投足が公的なもの、そこで首相の行動はどんな些細なものであれ、この国の意思の「公的表現」ということになる。そこをよくよく深くお考えいただきたい。

兼石績海軍大尉は昭和二十二年七月に、中国の広東で刑死したが、彼の遺書の最後はこう結ばれている。

「東亜の和平、中日親善について将来かならず一致するを信じて従容として死に就く。死に臨み皆様の御健康と御幸福を祈りて止まず。私は中華民国広東省広州市第一監獄北東高地に於いて散って逝く。家族は時期来れば此の地に来りて手向を乞ふ」と。

兼石大尉の霊も靖国にはいない。広東とご家族のこころのなかにいる。

しかしたら井上違いかも。自民党内閣を徹底的に批判しているし、公安もマークしているだろうに、こうした情報がお上に届いていないようじゃ、俺もまだまだだな」

と笑いながら言っていたのを思い出した。

このように、家族全員で長く付き合いのあった大学時代の友達は井上の他にいない。当時の井上のノートの最後のほうのページには、こんな記述がある。

ふたたび横須賀にて

恐らく昭和三十二年はこれでおしまいになってしまうだろう。なんにもなかった。なんにも出来なかった。弁解の余地はない。

このノートを横須賀のことでおしまいにできるのはうれしい。

なにやらしょぼくれた気分でいたようだが、我が家のある横須賀をこんなふうに思っていてくれたのなら、私も嬉しい。

個性派揃いの先生たち

上智大学には、卒後十五年で「銅祝」、二十五年で「銀祝」、五十年で「金祝」という式典がその時々にある。まるで結婚記念日の銀婚式、金婚式のように卒業生を祝ってくれる式典である。

上智大学の成り立ちは、遠く宣教師フランシスコ・ザビエルまで遡る。紆余曲折の後、一九一三年（大正二年）四月二十一日に設立された。

資料に掲載されている写真（次頁）の授業風景の説明に、「外人教授が机に腰かけての授業は新しい経験だった。欧州から帰国した日本人教授の午後の授業はワインの香りプンプン。机は懐かしい長机」とある。

大学の授業は月曜日から土曜日まで、朝八時三十分から始まる。

この学校は成績より前に出席に厳しく、すべての科目の出席日数を確保する必要が

（写真提供：上智大学史資料室）

あった。しかもこの出欠の取り方が厳格で、先生より必ず先に教室に入っていることが絶対条件。

四階の教室での講義で、階段を上がっていく先生の姿が見える。なんとか追いつこうと必死で階段を駆け上がっていくが、あと一歩で間に合わず。するともうその講義は欠席となる。先生が教室に入ると内側から鍵を掛けてしまうので、入室できなくなるからだ。

大きな教室での教養科目、選択科目などでは、事務員が三人掛けの長机の間を、学生の顔を確認しながら出席者カード（自分の名前を書いたカード）を集めていく。これでは代返のしようがない。

規定の出席日数に至らなければその単位は取れないし、単位不足なら留年か退学するしかない。兎に角、まずは遅刻せずに教室に入ることが最優先だった。

必須科目のフランス語は、教室で先生が名前を呼び、学生が返事をする。

神父たちは朝の四時頃には起床して、聖書を持って庭を散策するという、規律厳しい、規則正しい生活をしているから、風邪やインフルエンザなどの体調不良になりはしない。つまり、休講になることなどあり得なかった。

全科目の厳しい出席チェックと頻繁に行われるテストの緊張に、留年する者、退学する者が続出した。
それでも我々が何とか卒業までこぎつけられたのは、神父である前に、それぞれの国の国民性を持ったユニークな先生たちや、個性的な日本人教授に学べる楽しさがあったからだと思う。

ぼくのいたころは、ほんとに不思議な、一くせも二くせもあり、どうしようもないくらい手のかかる奴ばかりでした。そういう人間の面倒をみてくれるのが上智のイメージだったのです。

（一九七四年八月十日、「上智大学通信　井上ひさし氏講演」より）

ポール・リーチ神父（フランス語の先生）

フランス語のリーチ先生は、気力のない我々に熱心に全力で授業をしてくれた。先生の発音を復唱するのだが、先生が納得するまで何回でもやらされる。どうして

ポール・リーチ神父

もできない我々一人ひとりに顔が付きそうになるまで近づき、口元、舌の動かし方を教えようとしてくれる。一所懸命は有り難いが、先生のツバキがかかるのには閉口した。

厳しく熱心な先生も、授業を離れれば、明るく気さくに我々に接してくれた。

どんな言語でも最初に習う挨拶言葉は「こんにちは」である。フランス語のA（アー）、B（ベー）、C（セー）を経て、初めに習うのは「コマン　タレ　ブー（Comment allez-vous?）」。英語で言うところの「ハウ　アー　ユウ（How are you?）」だ。

ある日、中庭でたむろしている我々に、リーチ先生がニコニコしながら近づいてきて言った。

「サバ！」

我々は顔を見合わせた。

「サバ？」

「何かの符丁か？」

「じゃ、今度会ったら、アジって言うのかな」

「アジじゃ失礼だろ。せめてタイだろ」

直ぐに井上が、

「サバ（Ça va?）は、やあ！　程度の気楽な、くだけた挨拶といったところだよ」

と解説してくれる。

リーチ先生……。授業で教えてから使ってくださいよ。こっちは何にも知らない初心者なんだから。

リーチ先生の授業は厳しく、宿題は出るし、テストも頻繁に行なわれる。

夏休みに入る最後の授業で、

「二学期に入ったら、テストをするから」

と課題が出された。

ところが、九月も過ぎ、十月も終わろうとしているのに、テストは一向に行なわれない。

「忘れているのか？」

先生に訊いて思い出されてもまずいし、抜き打ちでテストされるのも困るしで、不安と恐怖の授業が続いた。なんとかしないとこっちの身が持たない。勘弁してくれの我々の叫びに、井上が提案する。

「お世話になっている先生たちに御礼がしたいと一席設けて、酔わせたところで、リーチ先生の日頃の厳格過ぎる講義を軟化させ、テストはあるのか、忘れているのか探りをいれるのはどうか」

早速、四谷の飲み屋で、リーチ先生とフランス語の日本人教授を囲む宴席を設けた。

「toast（乾杯）！」

この席でただ一人、この単語を知っている井上が音頭をとる。

リーチ先生はかなり日本語が話せた。それでも、我々がほぼ毎日興じていた麻雀の「リーチ」というルールと先生の名前が同じだという話は、さっぱり分かってもらえなかった。

先生は想像力豊かというのか、ユーモアセンスがあるからなのか、話に論理性がなく、あっちこっちに話題が飛ぶ。

我々は相手のペースに乗るまいと、

「日本の宴席では、酒をつがれたら飲み干すのが礼儀なんですよ」

と言いながら、酒の強い田村と二人の西村が、リーチ先生に返杯をせがんでウイスキーを飲ませ続けた。かなりの時間盛り上がった末、リーチ先生ははっきりした日本

語で、

「私は帰ります」

と言って、まったく酔っている足取りもなく先に帰った。

残された我々は、全員撃沈していた。

神父といっても、水代わりにブドウ酒で育ったフランス人を酔わせようとしたのが第一の誤算だった。

翌日の授業から、日本人の先生は少し和やかな雰囲気になったが、リーチ先生の授業はいつもと同じどころか、前より厳しくなったような気がした。

我々がなけなしの金で飲ませた効果はどうなっているのか。

日本在住が長く、日本語の堪能なドイツ人神父に訊いてみると、

「日本での御礼には、これまでの御礼と、これからもよろしくお願いしますという二つの意味を含むことがあります。しかし、私たちヨーロッパの文化では、御礼はあくまで過去に対する対価であって、将来のことは入っていません。残念でしたね」

そう言ってニッコリ笑った。

文化の違いにまで思いいたらなかった、これが第二の大誤算であった。

井上の代表作のひとつに、『モッキンポット師の後始末』がある。

この小説は、生きるために必死な三人の貧乏大学生の話だ。喰うために、とにかく奇想天外なアイデアを次から次と思いつき、後先考えず実行する。三人の悪だくみは、最後には毎回必ず失敗に終わり、その後始末をモッキンポット師がしてくれる。三人は、それにも懲りずまた悪事に近いバイトを繰り返す。お人好しの神父と悪知恵しか思いつかない貧乏な大学生とのドタバタがユーモラスに書かれている。

……主人公のモッキンポット神父はいつも、弟子筋にあたるカトリック学生寮の学生たちにおだてられ、欺かれ、たばかられ、金品をたかられ、嘆いてばかりいるのだ。

そればかりではない。この神父は何事にもすぐ悪乗りするところをつけ込まれ、学生たちに持ち上げられて、ついに旅回りの一座の舞台まで踏み、それが教団上層部に知れて、本国に送還されてしまうのである。おそらく彼は聖職者としてはもう出世は望めぬであろう。もっとも「モッキンポット」の意味が「間抜けなお人よし」だから、これはいたし方ないのであるが、しかし、ひょっとすると、モッキンポット師が主人公を勤めることが出来ている時代はもう間もなく終わろうとしているのかも知れない。

（エッセイ集1『パロディ志願』所載「モッキンポット師――私のヒーロー」）

「モッキンポット師のモデルは、私です」

とリーチ先生は自慢げに周りに話していたようだが、井上に聞くとどちらかと言えば否定的で曖昧な返事だった。

私の個人的な意見としては、登場人物の大学生の一人はあきらかに井上自身がモデルだし、リーチ先生が「自分がモデルだ」と言うのも頷ける部分はいくつもある。

「紹介します。こちら、S大学のモッキンポット教授。大学では仏文学を教えておられますが、専攻は比較演劇論……」

（『モッキンポット師の後始末』所載「モッキンポット師の三度笠」）

そのころ師はＪ大学仏文科の主任教授のかたわら、早稲田や慶応や外語の講師も勤めていたのだが、それにしても慶応の学生は可哀想だな、とぼくはそのとき思った。というのは、ぼくは師からフランス語を習っていたから知っていたが、師は絶対に試験の予告をしなかった。だから一夜漬けやドカ勉（ドカッと一時に頭に詰め込む勉強法）は通用しない。したがって講義のたびにこつこつと予習と復習を積み重ねておかないと間に合わぬ。もうひとつ、師は試験の点数の悪いものはどしどし落第させた。情状酌量もへったくれもないのだ。

（『モッキンポット師ふたたび』所載「モッキンポット師の性生活」）

「それが彼の手なんだ。つまりモッキンポット神父は、試験のための勉強は屁の支えにもならない、不意打ちの試験をやることによって、学生に日頃から勉強する癖をつけなきゃいけない、という考えの持ち主なんだ。なんでもそれがフランス流らしい。向こうでは、試験がちょくちょくある、しかも予告なしでだ。神父はその流儀を日本にも持ち込んでいる」

（同前）

特にこの試験の流儀については、間違いなくリーチ先生のやり方だ。いまでも悪夢を見るように思い出される（たまに予告なんかされると、それはそれで前述したようなひどい目をみる）。

一方で、「これは井上の創作だ」といったところもたくさんある。

「ここは地獄じゃありません！　ぼくの仕事場です」

「けどここは国立劇場やおまへん。コメディフランセーズでもおまへん」

「ぼくはフランス座としかいいませんでした。神父さんが勝手にコメディフランセーズだの、国立劇場だのと思い込んだだけです」

「とにかくやね、わてはえらい恥をかきましたんや。わてはあんたが自慢やった。自分の力ひとつで、国立劇場の文芸部員となったというあんたが自慢やった。それでな、今日は、友だちの神父を四人も連れて、あんたが働いている劇場を見に来ましたんや」

楽屋口から外を見ると、たしかにS大学の外人神父たちが四人ばかりばつ悪そうに下を向いて立っていた。黒いソフトに黒い上下の服、サングラスを掛けている神父もいて、ローマンカラーがなければ、場所柄からいって、どう考えても仕事に失敗した外人殺し屋の一団といったところだ。

（『モッキンポット師の後始末』所載「モッキンポット師の後始末」）

実際のリーチ先生が私的なことで街中に出かけたり、まして浅草のストリップ劇場などに行くことは考えられない。確かにかなり上手に日本語を話されたが、関西弁ではないし、あれだけのフットワークはないと思う。

ただ、これほどではないにしても、リーチ先生の本気の一所懸命さと茶目っ気たっぷりなエスプリにはいつも驚かされ、笑わせてもらった。

授業の始めに出席を取り、遅れた者は教室にも入れてもらえないというのが上智の厳しいシステムだったが、リーチ先生だけは、授業の最後に出欠席を取った。朝の八時半から始まるリーチ先生の授業に、私はしばしば遅刻した。

当時は窓が上下に開閉する米軍から払い下げられたカマボコ兵舎（左頁）が教室と

通称「カマボコ教室」に入っていく学生たち。

米軍から払い下げられたカマボコ兵舎。

（写真提供：上智大学史資料室）

して使われていた。

ここでの授業の時だけは遅刻してもチャンスがあった。

授業中のリーチ先生が黒板に向かった時、教室の外から窓を小さくノックする。ノックに気づいた仲間が振り向いてOKのサイン、ダッシュして窓を開けてくれる。先生が再度、板書しているタイミングを見計らって窓から素早く入り込み、最後尾の席に座る。すんでのところで出欠に間に合う。

「ムッシュー（Monsieur）小川」

「プレゾン（Presnt 出席しています）」

涼しい顔を装って返事をすると、リーチ先生が一言、

「横須賀線がまた遅れましたね」

こうして私は何度も遅刻を見逃してもらったが、井上の場合は居眠りだった。

一学年からかなりアルバイトをやっていた上に、懸賞作品の応募で慢性的な寝不足状態だった井上は、最後列のすぐ後ろの床に古びたダスターコートを敷いて寝る。最後列といっても十五、六人のフランス語の教室は机が三列しかない。教壇からも絶対

見えていたはずだが、リーチ先生は、そんな井上に何も言わず、淡々と授業をする。奇妙な光景であった。

仲間たちと遊びながらもアルバイトを掛け持ちし、授業ではこうして寝てばかりいる井上だったが、昭和三十二（一九五七）年には、学内の募集論文に応募し、入選一編に選ばれている（次頁）。二学年で井上の文才は学内に知れ渡った。

リーチ先生は井上の才能を早くから高く評価していたし、井上もリーチ先生は好きだったはずだ。

井上が「リーチ先生に運動靴をはかせたら」と考えたのが「モッキンポット」ではないかと、双方を知る私は想像する。

M神父（フランス語の先生）

神父になるために生まれて来たような顔をした先生。

神経質で、陰湿な雰囲気には、我々劣等組はどうにも馴染めなかった。

常に仕事をかかえていた井上は、いつもの最後列の机に私と並んで座って原稿を書

上智大学新聞　THE SOPHIA　1957年11月1日　第2?号

第二回 募集論文入選作きまる

入選作品

入選一篇
井上　厦（仏語、二年）
佳作二篇
桑本　?（独文、二年）
他　なし
【審査員】
宇多五郎
野口啓祐
岳野慶作
大林多吉

当選した井上厦君

語学教育のあり方
外国語の教育は現状でよいか
井上　厦

精神的危機について

審査長総評
宇多五郎

出版放送会社

声
使えぬグランド

上智大学新聞 THE SOPHIA 昭和三十二＝一九五七年十一月一日第二十九号（提供：上智大学史資料室）

いている。原稿用紙一枚書きあがると隣に座っている私に渡す。渡された原稿をなんとなく読んでいた時、「～メモライズ～」と板書した先生が、

「ムッシュー井上、訳しなさい」

と指名した。突然の質問に井上は一拍おいて立ち上がり、

「……砂に書いたラブレター」

と答えた。我々は机を叩いて大爆笑。しばらく笑い声が止まらなかった。

「砂に書いたラブレター」は、当時、パット・ブーンという甘い声のアメリカ人歌手が歌って大流行していたラブソングだ。世俗の情報から断絶された世界にいる神父にとって、井上の答に学生がなぜ盛り上がっているのか、まったく意味が分からないようだった。

すると、疎外感からか馬鹿にされたと思ったか、突然、顔を真っ赤にしてフランス語でまくし立て始めた。どうやら井上と大笑いしている者を非難しているようだが、早口のフランス語は、我々の理解力の及ぶところではない。

授業の後、井上は先生の部屋に呼び出され、長い時間怒られていた。

昭和三十三（一九五八）年に新設された上智大学の外国語学部には四期生から女子

が入学してきたのだが、この先生は女子学生の一人を教授の個室に呼んで、我々がいつも妄想していることを実践したことが問題になり、即刻、何処か遠くの海外に飛ばされた。我々の仲間にとっては苦手な先生だったので、仲間は輪になって、無言で拳を小さく挙げた。神父がただの男になり下がったと喜んだのは不謹慎であろうか。

そう言えばリーチ神父は、上智大学に女子学生を入学させることには強く反対していた。理由は聞けなかったが、もしかしたら、こんな俗っぽいことを予測して反対していたのかも知れない。イエズス会の歴史に俗な勘繰りをするのは、これも不謹慎か。

永井順先生（フランス語の先生）

かなり高齢であったと記憶している。

永井先生の仏文和訳のテストがあり、西村信芳は田村の訳文のカンニングに成功した。返された答案用紙の採点結果は、カンニングしたほうの信芳が九十点、田村は六十点だった。

バツの悪そうな顔をして戸惑っている信芳と、困惑顔の田村。

永井順先生

「どうするんだよ」

「まさかそのまま黙ってるってことはないよな?」

「信芳は自首しなきゃ」

「いや、それはかわいそうだよ」

「かわいそうなのはパンタだろ?」

議論の末、井上が提案した。

「ここは堂々と田村君が先生のところに行って、二枚の答案用紙を見せて、ほとんど同じ翻訳なのに、なぜ自分は六十点なのか直接訊くのがいい」

仲間たちに背中を押されて永井先生の教授室に向かった田村は、しばらくしてニヤニヤしながら、

「完璧にやられた」

と帰ってきた。先生はこう言ったそうだ。

「西村君の訳文も君の訳文も、小さなミスが同じ箇所に見られるが、ほぼ正解だ。しかし西村君の訳文には使うべき漢字がきちんと使われている。君の訳文には余りにも漢字が少ない。日本人だろ。しっかり日本語と漢字の勉強もしなさい。私の六十点の

採点に不満でもありますか？」

田村は勿論納得した。西村をはじめ、クラス全員で永井先生のコメントに大喝采。井上は永井先生の粋な返事がよほど気に入ったのか、膝を叩いて喜んでいた。

Y先生（フランス語の先生）

名前は出せないが、毎日が緊張と恐怖のフランス語の授業の中で、唯一リラックスできる授業をしてくれた先生である。

Y先生は、

「君らは、初めてフランス語を勉強するのだろ。恋人同士は「愛している」をジュブゼーム（Je vous aime）と言い、一夜を共にした朝はジュテーム（Je t'aime）となる。『フランス』は女性名詞、『日本』は男性名詞とフランス語ではどんな名詞にも男女の性別をつける。フランス語は面倒な言語なんだ。私はフランス人の頑固さもこの言語から来ていると思っている。フランス語の勉強を面白がってやらないと、君たちが一番興味のある日本での発禁本を読めるようにならないよ」

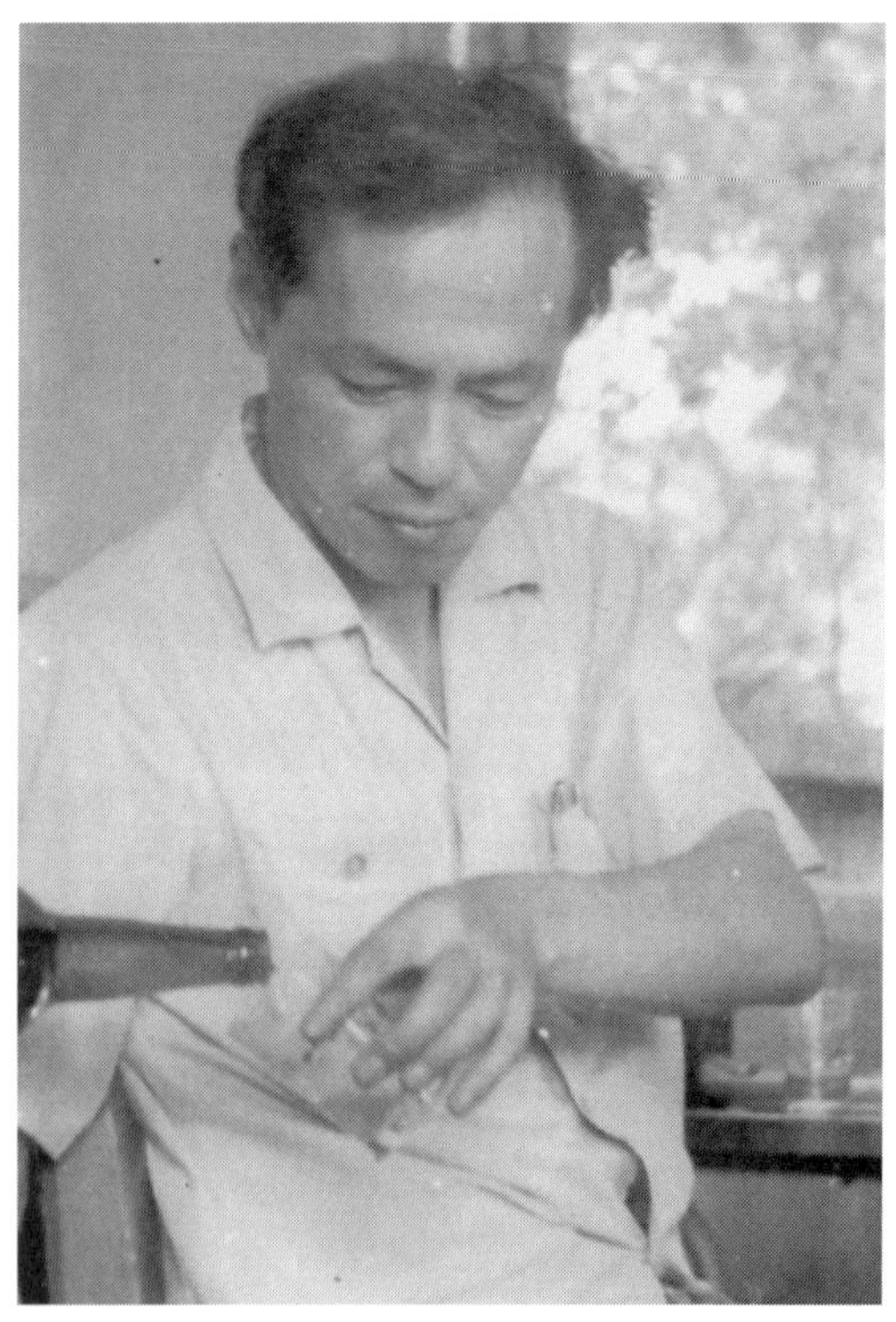

Y先生こと安井源治先生

今で言えばワークショップのような雰囲気の授業であった。

授業中に先生は、

「煙草吸っていいかな」と尋ね、我々は、

「どうぞ、どうぞ」と答えていた。この一言で先生を実名で書けないことは残念だ。いや、もういいのかも知れないですね。安井先生。

ドイツ人神父の先生

「キリスト教概論」の授業で、十字軍について、我々が高校の世界史で習ったのとは真逆の解釈を講義してくれた。その歴史観には驚愕した。世界は広い。

ある時、先生から、

「カント、ショウペンハウエル、キェルケゴールの三人の哲学者の自殺論について訊く」

と、口頭試問の事前予告があった。

そこで珍しく仲間でテスト勉強をすることにしたのだが、倉さんこと西村倉太郎が、

「俺はショウペンハウエル一本で勝負する」と宣言した。

「あとの二人は？」

「勉強しない」

「何でショウペンハウエルなの？」

「真ん中が来ると思う」

「競馬の予想かよ」

さて、試験当日、ドイツ人神父が倉さんを指名した。

「西村君、カントの自殺論について述べなさい」

起立した倉さんは、慌てる様子もなく起立して述べ始める。

「ショウペンハウエルによれば……」

「西村君、ちょっと待ってください。私はカントの自殺論について訊いています」

先生の指摘にもめげず、倉さんは再び、

「ショウペンハウエルによれば……」と繰り返す。教室に笑いが起きる。

二十年以上日本に滞在していて、日本語も堪能なドイツ人神父の教授が微笑みながら言った。

「私の話し方では、西村君には質問の意味が通じないようですね。まだまだ日本語の勉強が足りないようです」

教室の拍手はしばらく鳴り止まなかった。

この「キリスト教概論」は井上、山之内のような信者である学生とは授業が分けられていた。井上が喜びそうなこのエピソードを後で聞かせたことは言うまでもない。

若い体育の先生

一、二学年は体育も必須科目。勿論、出欠席は取る。陸上競技から球技まで、まるで高校生扱いの授業であった。

体育の授業とは別に、学部別校内野球大会というイベントがあった。

井上がフランス語科で出ようとクラスに呼びかけ、いやだよ、やめよう、面白そうとの議論になったが、兎に角、参加することになった。

法律学科、経済学科、英語学科など四十人以上もいる学科に対し、我らがクラスは

十五、六人。しかも野球経験者は、中学時代に草野球をやったことがある程度という井上、西村信芳と渕上。それと当時、地元の高校軟式野球部のコーチをしていて、上智大学の硬式野球部に再三勧誘されていた私の四人だけだ。井上は、当時ではまだ珍しい右投げ、左打ちだった。訳は聞いていないが、井上のことだからメジャーリーグの誰かの真似をして格好つけていたのだろう。そんな有り様で、九人中五人はキャッチボールもおぼつかない。まったく運動をしたことがない一人がマネージャー役となって、補欠選手なしの十人で大会に参加した。

一学年の校内大会の初戦結果は一—八の惨敗。

我ながら、ピッチングは悪くなかったと思う。サードの井上がゴロを二つアウトにし、投手の私がピッチャーゴロをアウトにした。それ以外はすべて三振のアウトをとった。

これでなぜ八点も取られたか。二つのポジション以外に飛んだボールは、ゴロ、フライに関係なく全部エラーになったからだ。

そんな試合の何が面白かったのか、まったく野球経験のない五人が来年も出ようと言い出した。

二学年になって、一学年の時と同じ他学部の学生と一緒の体育の時間は、体操、ランニングなど、相変わらず高校の体育の時間と同じ内容が繰り返されていた。しかしフランス語科十人は、先生の指示をまったく無視して、グラウンドの隅でただただ野球の練習をした。小学生に野球を教えるように、グローブの持ち方、バットの握り方、ルールを一から私がコーチすることになった。

一緒に授業を受けていた他学部の学生から、なぜ彼らだけ好き勝手に野球をやっていいのかと苦情が出たが、先生は「あいつらはほっとけ」と諦め気味に黙認してくれた。

守備では塁間のキャッチボール、塁間ゴロを取る練習しかしない。攻撃では、バットを極端に短く持ってトスバッティングでゴロを打つ練習しかしない。これだけの練習を徹底的にやるだけでかなりの草野球レベルにはなる。

雨の日やメンバーの集まりが悪ければ、体育の時間を欠席する。当然ながら出席日数が足りなくなり、冬休みに三泊で新潟の燕スキー合宿に補習授業として参加しなければならなかった。

合宿に行く夜行列車で、私はたまたま体育の先生と隣の席になった。雑談の中であ

てずっぽうに、

「先生は一人っ子でしょう」と言ってみたら、

「そうだよ！　分かるの？」と驚いている。

「(当たった！）チョット待ってください。もしかしてご両親が、一人っ子ではかわいそうだと養子をもらって、二人兄妹かもしれない」

「その通りだよ！　凄い!!!」

　でたらめ占い師が調子に乗って、もっともらしい話で先生をすっかり私の信者にしてしまった。本当に素直で、育ちのいい先生だった。

　このスキー合宿研修でもまだ出席日数は足らず、水道橋にあった後楽園のローラースケート場にまで行った。遅刻しそうになった最終日、先生が心配して会場の入口まで出てきて、「早く早く！」と手招きしていた。お陰でなんとか時間に間に合い、やっと単位を取ることができた。

　こんな調子のダメ学生に対する評価が「A」だったのには驚いた。でたらめ占いが余程記憶に残っていたのか。

　ちなみに、二学年の野球大会では三回戦を勝ち上がり、見事、準優勝を果たした。

柴田栄一先生（化学の先生）

温厚で、敬虔なカトリック信者。

私も井上も相変わらずどの科目も出席日数は不足していた。この化学の科目も例外ではない。

「来週は〈干渉〉の実験をする」との情報が入った。

高校の授業で、部屋を暗くして「光の干渉」の実験をしたことを思い出した。

そこで井上に、「来週の柴田先生の授業は必ず出席するように仕事の調整をしといてくれ。必ずだぞ」と念を押した。

そして当日。授業の途中で、受講生全員が先生に従って実験室に移動した。

部屋を真っ暗にして「光の干渉」の実験が始まると、井上とこっそり抜け出し、さっきまで講義をしていた教室に戻った。

狙いは教壇に置いてある、野鳥手帳のような小さなハードカバーのノートだ。

縦に学生の名前、横に講義日、欠席者は鉛筆で「／」が引いてある。

我々二人の欠席の斜線を消しゴムで消す。無論、すべて消しては不自然なので、所々少し残しておいた。

それからしばらくの間、我々二人は自信をもって授業をサボった。柴田先生が出欠席ノートを手に取って、

「井上さんと小川さんは欠席が多いと心配したが……そうでもないか」

と首をかしげていたと、授業に出席した仲間が話してくれた。

紳士的な柴田先生には、今でも申し訳ないことをしたと心が痛む。

宇多五郎文学部長（ドイツ文学教授）

フランス語科の学生にはまったく関係のない先生だが、私は個人的に縁があった。

当時は横須賀の自宅から大学までは二時間程かかった。新橋駅まで横須賀線を利用していたが、ラッシュ時に座って行くには横須賀始発の電車に乗る必要があった。座れれば新橋駅まで一時間の仮眠ができる。そのためには早目にホームで並ばねばならない。始発電車はこの横須賀駅で全部の座席が埋まってしまうからだ。

無事に席を確保して、横須賀駅から二十分ほどで鎌倉駅に着いた時、品のいい初老の紳士が、鷲のマークの校章をつけていた私に声を掛けてきた。

「君は上智大学の学生だね」

「はい」

「私は君と同じ上智大学のドイツ文学の教授なんだ」

「……どうぞお座りください」

「すまないね」

大学のある四ッ谷駅まで、私は一時間半立ちんぼうである。

同じ目に遭わないように、校章を外し、始発電車の車両を変える。鎌倉駅を通過してしばらくは緊張する。今日は大丈夫だと分かってからやっと仮眠に入る。するとまた、

「やあ、おはよう」

と宇多先生の声。

「あ！　先生、……どうぞ」

先生のために席取りをしているわけではないのだからと、こちらも意地になって、始発電車を避けて通学してみたが、二時間立ち通しはやはり疲れる。

今度は声を掛けにくいように、ボックスシートの窓側に座って、横須賀駅を発車し

てすぐ腕組みをして眠る姿勢を取ってみた。

鎌倉駅を通過してすぐ、肩をたたかれたので、顔を上げる。

「やあ、おはよう」

「……おはようございます。先生、どうぞ」

「そう、悪いね」

先生とのこの関係は、在学中ずっと続いた。

上智大学には現在、卒業生で構成されている「ソフィア会」が、地域別、企業別、海外の国別など世界中にあり、私も「よこすかソフィア会」に入っている。この会に外国語学部スペイン語科卒の、私より六年後輩がいた。あのドイツ文学部教授の息子だ。

それを知って以来、「よこすかソフィア会」の集まりがあるたびに、当時の怨みを息子にぶつけてみたかったが、やめておいた。

宇多先生と私は通学電車だけの付き合いだったが、ドイツ語科に籍を置いていた井上には、もっと深いつながりがあった。

上智大学の講演でも思い出話として出てくるが（十四頁）、井上は入学した文学部ドイツ語科を四ヶ月で辞めたので、退学処分とされても仕方ないはずだった。この時、宇多先生が井上を「休学とする」という特別な便宜を図ってくれたのだそうだ。そのことに感謝していた井上は、卒業から二十二年後の昭和五十七（一九八二）年、先生が亡くなられた時、告別式に供花を送っている。

この話を知っていたせいで、息子に仇討はできなかったのだ。

「この学校は、将来俺たちなんか絶対に入れなくなるほどレベルの高い大学になる」と井上と話したことを覚えている。

外国人神父の物事の見方、考え方、捉え方、ユーモア、エスプリの利いたコミュニケーションなどに驚きの毎日だった。厳しい授業の一方で、勉強以外にも多くのことを学んだ。上智大学で学生時代を過ごせたことは幸運であったと思う。

実際、リーチ先生との出会いが、その後の人生を決定づけた学生もいた。

昭和三十四（一九五九）年の春休み、ベトナムへ集中講義に行くリーチ先生の「カンボジアにも行くので、一緒に行きませんか」との呼びかけに、クラスでたった一人の優等生の山之内君と、一学年下の三人、石澤良昭君、原理一郎君、野田安彦君が手を挙げた。出発の日は、いつもの仲間で横浜港へ見送りに行った。

引率されていった学生たちの中で、「モーパッサンを原文で読みたい」という動機で上智大学のフランス語科に入学した石澤良昭君は、カンボジアの遺跡アンコールワットに衝撃を受け、一年後の卒業式の日もカンボジアにいた。

その後、母校の教授、そして彼の知性と人柄もあってのことだろうが、上智大学学長になる。現在も「上智大学アジア人材養成研究センター所長」として後継者の育成をしている。

運命的な出会いというのは本当にあるのだと実感した。

私にとっても、得難い友人たちや井上と出会えたことは最大の財産である。

アルバイトいろいろ

浅草フランス座

「だいたい、神父様、まだ日本には国立劇場はありません。神父様がひとりで国立劇場、国立劇場とおっしゃっているだけです」

「おだまり！　それならどうして、最初に、そういってくれなかったんや」

その時、地下の風呂場でシャワーを浴びるつもりか、生まれたままの姿で、前の方をタオルでちょいと隠しただけの踊り子が楽屋口の横を通り抜けて行った。

神父は思わず天井を仰ぎ、目をつむった。

（前出「モッキンポット師の後始末」）

井上の仕事現場によく連れて行ってもらった。バイト先に友達を連れて行くなんて非常識な話だが、井上がこなしていたのは普通の学生アルバイトとは一味も二味も違う珍しいものばかりだったので、田舎者にとっては、見るもの、聞くものすべて初めてずくしの貴重な体験をした。

井上が浅草のフランス座でコントを書いていた頃もよく遊びに行った。

「踊り子が今から風呂に入るから見ていけよ」

と言われるままに舞台の袖から見せてもらった。ストリッパーが舞台を下りて風呂に飛び込むのを見た時は興奮した。

ストリッパーが、楽屋では裸でいて「○○さん、出番ですよ」と呼ばれると、着物を着て舞台に出ていくのが、なんだか矛盾していて面白かった。井上が弟のように気にかけていた同期の西村信芳は私以上に浅草に呼び出されていて、ストリッパーの玉川みどりさんから「坊や、坊や」と可愛いがられていたそうだ。

客席のお客さんに「まいど～」と言ってラーメンの出前が届くのには、「これが浅草なんだ」と驚いた。

フランス座の向かいは交番で、隣はカレースタンドだった。夕方になると、井上と信芳の三人で、そこのカレーライスを食べるのが通例であった。

井上が貸してくれたパスで浅草の映画館のはしごもさせてもらった。

なぜか封切館、ロードショーは観ることができないこのパスが、株主優待券なのか、従業員用なのか、浅草商店街の優待券なのかは分からない。

フランス座をはじめ、浅草で観たものや出来事を報告する時、井上はいつも嬉しそうに笑っていた。

中央出版社

昭和三十三（一九五八）年一月、井上は聖パウロ修道会が運営する中央出版社に住み込みで倉庫番をしながら学校に通い、放送作家のアルバイトとラジオドラマの投稿に励んでいた。

現在の中央出版社は、平成七（一九九五）年に社名を「サンパウロ」に変更し、四谷のビルの四階に入っているが、当時の中央出版社は、四ツ谷駅を出て右に架かる四谷見附橋を渡った道路に面した所にあった。

一階はカトリック関係の書籍を販売していた。二階には神父の部屋や会議室などいくつも部屋があり、その中に四畳半ほどの小部屋もあった。本当に幅の狭い小さいベッドと机と椅子のあるそこに井上は住み込んでいた。

夕方になって事務や書籍の販売をしていたシスターが帰ると、入れ替わりに井上が留守番として四畳半部屋に入る。

私は何回、いや何十回ここに泊まったことだろう。一ヶ月に二十日以上泊まったりと、ほとんど下宿人状態のこともあった。

ここのシングルベッドに一七四センチの男二人が一緒に寝ていたが、どちらかがベッドから転げ落ちたことは一度もない。なぜ落ちなかったかと言えば、ものすごく古いこのベッドは真ん中がへこんだハンモック状態で、両方の身体が自然と中央に寄るからだ。

部屋がいくつもあって大学に近いこんな場所を、いつもの仲間が見逃すはずがない。

昭和30（1955）年当時の中央出版社　（写真提供：サンパウロ編集室）

さすがに麻雀はしなかったが、夕方になると五、六人が集まって「ナポレオン」というトランプゲームをした。

ルールは、配られたトランプからナポレオン役が自分になったことを宣言する。他の者は連合軍となってナポレオンと戦う。ただし、ナポレオンが欲しいと言ったカードを持っている者はナポレオンの副官になる。指定されたカードを持っている本人以外は副官が誰なのか誰も知らない。この副官は連合軍の一員のふりをして、ナポレオンの味方をする。副官となった者がキーマンになる疑心暗鬼のうずまく心理戦のゲームで、七〜八人が一番面白い。多い時は週二回、これを徹夜でやる。

わが家でのトランプゲームで無敵だった井上が、このナポレオンでは特別強いわけではなかった。そこで田村が井上に尋ねた。

「横須賀でのトランプはなぜあんなに強かったの？」

俺たちも理由が知りたいと、我が家に来ていた麻雀組が一斉に井上に顔を向ける。

井上が種明かしをする。

「皆がマージャンをやっている隙に、荘六さんの家のトランプに細工をしたんだよ。針でトランプの模様の四隅に四つのマークをつけて、数字はカードの周辺を使って穴を開けてた」

井上にはトランプの裏側から全部のマークと数字が見えていたことになる。井上らしい手の込んだ細工のバカバカしさと、それにまったく気づかなかった自分たちの間抜けぶりに、みんなで顔を見合わせて大笑いした。

東京の下宿組は最終電車か朝一の電車で帰ることもあったが、朝までトランプに興じた後、橋を渡って五、六分の大学へそのまま行く時もあった。

ところがある日、時間を忘れてゲームに熱中していたところ、書籍の販売を担当しているシスターが出勤してきてしまった。

こりゃまずい、どうやって出て行こうかと狼狽している我々に、例によって井上が提案する。

「大丈夫だよ。皆で今、入ってきたような顔をすればいい。入口のドアに背中を向けて、後ずさりしながら出て行こう」

人の話に必ずいちゃもんをつける集団だが、この時は誰も異論を唱えなかった。

井上の指示通り、六人が一列に並んで出口に向かって後ずさりする。

シスターが物音に気づいて一瞬振り向いた。しかし見逃してくれたのだろう、素知らぬふりで我々に背を向けた。我々六人はそのままそっと後ずさりしながら出て行った。

こんな中学生みたいなことを、真剣に大真面目にやっていた。幼稚な大学生の『スタンド・バイ・ミー』だ。芝居だったら本当に大笑いの話である。

いつものように中央出版社の井上の部屋に遊びに行くと、廊下を挟んだ向かいの部屋からギターの音がしていた。当時、作曲・編曲家であった井上の兄の滋（しげる）さんが、この日たまたま寄っていたらしい。この滋さんは、もともとはピアノ弾きだったところ、肺を患って肋骨を切ったためにピアノが思うように弾けなくなり、ギターに転向したとのことだった。

激しいリズムのギターが聞こえてくると、私と雑談していた井上が突然、

「兄貴、違ったよ」

と、向かいの部屋に声を掛けた。すぐに、

「分かってるよ」と答えが返ってくる。不思議に思って、

「何なの？　今の会話」と訊くと、

「チョットずれたから」

ギターの音がわずかにずれていたというのだ。

「もし兄貴がやっていなかったら、多分、俺は音楽を目指していたと思うよ」

後年、新宿の紀伊國屋ホールで、井上の芝居『闇に咲く花』を舞台の袖から一緒に観たことがあった。この芝居にはギターを生で演奏する場面があるが、この時も、

「今日のギター、一ヶ所、半音ずれたところがあった」

と言っていて、井上の音感の凄さに驚かされた。

中央出版社二階の廊下の突き当たりには、ここの責任者である神父の部屋があって、そこからはよくこっそり煙草を頂戴した。

また、この神父からはもの凄い情報を入手した。昭和三十四（一九五九）年三月、英国海外航空（BOAC、現ブリティッシュ・エアウェイズ）のCA（当時はスチュワーデスといった）が殺される事件があり、当時、世間を騒がせていた。犯人と疑われていたベルメルシュ神父が秘かに海外に逃亡し、結局、迷宮入りとなった。

この神父の逃亡を手助けしたのは教会組織だという話だった。

当時のカトリック教会の影響力はどこの国でも絶大で、現在の「日米地位協定」に

似た治外法権のような力があった。

この話を聞かされた時は、日本人の知らない秘密を知ってしまったと井上と二人で興奮した。

ちなみに、この殺人事件をモデルに松本清張は『黒い福音』という小説を書いている。

ラジオ局・テレビ局

井上はＮＨＫの教育番組のラジオ台本も書いていた。

生放送する前の台本読みにも連れて行ってもらったことがある。小さなブースの中に劇団民藝のあの滝沢修さんがいた時は、驚きより緊張で息が詰まりそうだった。

この人たちに対して、ＮＨＫのプロデューサー（名前もしっかり覚えている柴田さん。後に名古屋支局の局長にまでなった人）はビシビシ指摘する。

「イヤ、それは違います。こう読んでください」

相手が滝沢修であろうと遠慮なしだ。ＮＨＫの中でも一流のプロデューサーとなるとやはり凄い。例えば「生たまご」という台詞があった時、この柴田プロデューサーこのあいだはたいへんたのしい土曜で。東京駅あたりで急に貴兄のごきげんが斜めになったのであれあれと思いましたよ。ああいう一徹気味なところはやはり坊ちゃん育ちのしからしめるところでしょうか。N・H・Kの例の仕事を仕上げたとたん、こんどは四十五分の大ドラマの脚色をたのまれました。福翁自伝」です。放送日は四月二十九日午前10時・第二放送」四十五分間。ただし学校放送です。朝早いですがおききください。山森先生に本はおかえしいたしました。ほんとうにありがとう。四月いっぱい学校を休むつもりです。

昭和34（1959）年4月、3年生になる春休みに届いたハガキ。ラジオ放送で大きな仕事をまかされたことを知らせてくれている。表書きには「このあいだお邪魔したままお宅の方々にお礼を申し上げておりませんが、よろしくおつたえください。ではさようなら」とある。

は、部屋の壁にある受話器を取ってアナウンス課に電話を掛け、

「一人ひとり〈生たまご〉をどう発音するか言ってみてください」

と、標準語の〈生たまご〉の抑揚を確認する。こうして子供向けの番組は一言一句の発音にも神経を使っていたことに驚くとともに感心した。

ブースから出た後、このプロデューサーと井上と三人で話をさせてもらった時、

「あそこのストップウォッチをぶらさげて廊下を歩いている奴ら、あれはもうほんのぺーぺー。病院でも聴診器を下げている奴は新人かやぶ医者だと思う」

と笑いながら教えてくれた。なるほど、医者もそうして見分けたほうがいいかも知れない。


ラジオと言えば、井上が初めて書いたラジオドラマが放送されるというので、一緒にラジオの前で待っていたことがある。二人でワクワクしながら待っていたら、何の事件かは覚えていないが、緊急特別番組が始まり、そのままラジオドラマは中止になった。私もがっかりしたが、井上は見たこともないほど気落ちしていて、慰める言葉が見つからなかった。

ある日、ラジオ局にいる井上から電話が掛かって来た。台本を書いていたラジオ番組で出演者トラブルがあり、「さくら」で出てくれないか、との出演依頼だった。三月頃のことだったので、「さくらにはまだ時期が早いだろう」と返して話を終わらせてしまったが、ものの試しに出演しておけばよかった。

友達甲斐のないことをしたと今でも悔やんでいる。

テレビ局では今を時めく芸能人たちを見かけられるのが楽しみだった。

フジテレビでは、当時、人気絶調のザ・ピーナッツを見た。その生声を聴いた時は、ただのミーハーになった。

こういうことが経験できたのは、井上にくっついていった小判鮫作戦のおかげだ。

気配りいろいろ

その日も一限から授業があったので、朝六時半頃に家を出て横須賀線に乗った。大学最寄りの四ツ谷駅に向かうには、東京駅で中央線に乗り換えればよい。しかし当時、東京駅の横須賀線は十三番ホームにあって、中央線の一番ホームまでは構内を端から端まで歩かなければならない。そこで乗り換えのラクな新橋駅で山手線に乗り継ぐ、というのが私の通学パターンだった。いつものように新橋駅で降りると、

「横須賀から来られている小川さん。いらっしゃいましたら、ホームの事務室までおいでください」

というアナウンスが流された。

家を出てまだ一時間前後の乗換駅で「ホームの事務室へ」と呼び出されているということは、自宅でよほどの緊急事態が起こったに違いない。身内の誰かが倒れたのか、火事になったのかと悪いことばかり想像しながら、大慌てで事務室に飛び込むと、そこには井上が待っていた。

「何？　どういうことだよ？」

わけが分からず問い詰める私に、井上は涼しい顔でこう言った。

「これから鎌倉に一緒に行ってくれないか」

「今から？　なんで？」

「世話になっている出版社の編集長から、引っ越しを手伝ってくれないかって頼まれたんだ」

「俺は頼まれてないよ。大体なんでこの時間に俺が新橋にいるって分かったんだ？」

「俺がどれだけ横須賀に通ってると思ってんの？　学校に着く時間から逆算して時刻表を見れば簡単だよ。どんピシャリだろう？」

と得意げに笑っている。

「ほら、行こう。下りの電車来たよ」

文句を言いながらも結局鎌倉まで戻り、編集長の五歳になるお嬢さんの子守りもしつつ、夕方までかかって引っ越しの手伝いを終えた。

その後、再び東京まで行って、新宿でダニー・ケイの『5つの銅貨』を観た。ルイ・アームストロングに満足し、当然の流れで井上の下宿先である中央出版社に泊まった。真面目に授業を受けるつもりが、井上のせいでおかしな一日になったものだ。

こうした手伝いだけではなく、井上は仕事の関係者に会う時は、必ず手土産を持っていった。学校の近くにあった輸入食料品店にある赤いパラフィン紙で包んだソフトボールより少し大きめの丸いオランダのエダムチーズだ。大人の世界の付き合い方を教えられたような気がした。

井上は仕事が年々忙しくなっていき、頻繁に行なわれるフランス語のテストを受けられないことが増えてきた。

そこでテストが受けられなかった理由、理屈、根拠、道理、言い訳を必死に考える。それも一度や二度ではないので大変な種類と量の事件や不幸が必要になる。

まずは、井上自身を事件化する。自分の特徴ある歯を武器にするのだ。歯痛、歯槽膿漏、抜歯、矯正手術、といった具合にあらゆる歯の不具合を理由にする。

母親の危篤と父親の法事は何回も使われた。「五歳の時に亡くなった父の何回忌」などと言われても、外国人神父の教授にとっては仏教のしきたりなど知る由もない。

親類縁者もどんどん殺していく。

ただし、葬式を理由にする場合は、先生にその続柄と名前を言わなければならない。その都度、井上は私をメモ帳代わりに確認する。

「あの叔母さん、どうしたっけ?」

「もう殺しちゃったよ」

「あの叔父さんは？」

「その人も死んだ」

「従弟のあいつの名前は言った？」

「言った言った、もうそいつ使えない」

「大変世話になった親友の父親の告別式で横須賀まで行っていました。というのはどうかな」

「うちの親、殺すの？　別に構わないけど、俺、その日そのテスト受けちゃってるよ？」

自分との血の濃さを中心に同心円状に体系化していたところはさすが井上だ。

時には私の確認が甘く、話の分かる粋な先生から、

「井上さん、親戚多いですね、でもその方、先月死んでいます」

と、笑顔で訂正されたこともあった。

この学校のこんな大らかさが私も井上も大好きだった。

学生時代にこれだけ訓練を積んだ甲斐あって、のちに原稿が遅れた時の言い訳は、

バリエーションに事欠かなかったようだ。

「風邪をひきました」
「腹をこわしました」
「懐(なつか)しい友人が訪ねてきまして」
「母親が上京してきたものですから」
「乗るべきバスとそうでないのを取り違えまして」
「自動車事故を見物しているうちについ」
「大家の飼犬が靴を咥(くわ)えて行ってしまいまして」
「大家の猫が原稿の上にとび上りインクをこぼしましたので、書き替えに時間をとられまして」
「大家が家賃の値上げを申し渡しに来ましたので、それは強欲だと喧嘩になりまして」
「大家が小火(ぼや)を出しまして」
「大家が危篤になりまして」

「大家が見合いをすすめるので、それに乗って相手の娘に逢いましたので」

「大家の夫婦の大喧嘩の仲裁に入りましたところが、これが結構揉めまして」

という具合で、大家を悪者にしておけばたいてい事が済んだのである。

(『ブラウン監獄の四季』所載「原稿遅延常習者の告白」)

私のアルバイト

井上ほどではなかったが、私も遊ぶための小遣いは自分で稼いでいた。

週三回、上カツ丼付きで月額五千円という家庭教師の口にありついていたのである。

上智大学の入学金が五千円の時代に、この望外な報酬は何とも魅力であった。

小学生の家庭教師にこんな高い月謝を払うなんて、よほどの問題児なのかと少し不安はあったものの、

「なにをやっても成績があがらないんです。藁にもすがる思いです。お願いします」

と子供の母親から懇願されて引き受けることにした。

あとで分かったことだが、この小学五年生のシゲルは勉強が嫌いなだけの素直な男

の子だった。問題は母親のほうで、少しでも気にいらない家庭教師は次々と首を切り、果ては担任の先生まで辞めさせてしまうらしい。だったらどうせ私もすぐ首になるだろう。畳の製造販売を営むかなりの資産家らしいし、こんな美味しいバイトを断る理由はこちらにはない。藁なら藁らしく、それなりにやってやろうじゃないかと意気込んだ。

「私の教え方に、お母さんは一切口出ししないことを約束してください」

と初日に宣言すると、母親は神妙に頭を下げた。

早速、教え子となったシゲルと二階の勉強部屋に上がり、

「君は将来、畳屋を継ぐのだろう？　それなら勉強の前に、まず丈夫な身体と強い精神力を鍛えることが大事。そこで今日の勉強は……」

と相撲を取り始めると、すぐさま母親が二階に駆け上がって来た。

「先生、何をしているんですか！」

「お母さん、何も言わない約束ですね」

また、別の日には四年生の妹の教科書と、六年生の教科書を借りてこさせた。

「先生、うちの子は五年生ですよ？」

「お母さん、何も言わない約束ですよね」

五年生の勉強についていけず、苦手意識を持っていたシゲルに、易しい四年生の問題で自信をつけさせ、分からなくて当然の六年生の問題で、劣等感をなくさせることがねらいだった。半年後に成績はクラスの上位になり、母親は二度と二階には上がって来なくなった。

この勉強部屋の窓からは、三〇メートル先のキャバレーの衣裳部屋が見えた。シゲルにはテストとか読書感想文などできるだけ長い時間一人で考えさせておいて、女の子たちが何の警戒心もなく次から次へと着替えるのを眺めていた。

高額な月謝にプレミアム鑑賞券付きのこのアルバイトを休むことはなかったが、仲間との麻雀でツキが回ってきていても、家庭教師の時間には横須賀に帰らなければならない時だけは残念で仕方なかった。

またある時は、社会見学と称して、一つ下の妹も一緒に東京に連れ出した。しっかり者の妹に対して、なんにでも怖がるシゲルに「精神力を鍛えるため」と、東京タワーの階段を歩いて登らせた。これは大人でもかなりの恐怖を感じた。

この社会見学に、なぜか途中から井上が付き合ってくれた。タクシーに乗った時、

前の座席に座ったシゲルに井上が、

「坊や、料金の数字が進まないようにメーターボックスを両手でしっかり押さえてくれ」

と言うと、彼は言われたままに小さい両手で必死にメーターボックスを押さえる。運転手も必死に笑いをこらえていた。

井上には、いつでも最高の笑いを瞬時に思いつく才能があった。

当時小学生だったシゲルも今では横須賀交響楽団の団長であり、地域社会の世話人として地元に貢献している。今でも、私をしばしば呼び出して食事をご馳走してくれる。井上にメーターボックスを押さえろと言われたこともしっかり覚えていて、会うたびに必ず笑い話として話題にのぼる。

映画三昧の日々から幻の卒業式まで

上智大学は昭和三十（一九五五）年に文学部外国語学科として、英語、独語、仏語、西語学科を新設した。上智大学史資料室から頂いた資料によると、我々二期生が入学した昭和三十一（一九五六）年四月のフランス語科の人数は十九人。これが三年生の四月には七人、翌年三月に卒業したのが六人（二期生四人、一期生からの留年生二人）。無事に卒業までこぎつけたのが五割に満たないことに改めて驚いた。

同期生にも確認したが、四月の初日の教室には既に十五、六人しかいなかった。しかも、夏休み明けには十二、三人に減っていた。二学年から三学年に上がる時が一番厳しく、成績、出席日数の不足で容赦なく退学か、留年かを迫られた。

我々の仲間からも渕上と二人の西村が二学年末で大学を去って行った。

井上だけは三学年、四学年になっても横須賀に来ていたが、遊びは麻雀とトランプから映画とビリヤードに変わった。

学生時代、井上とはとにかくよく映画を観た。年間百本以上は観たと思う。

私のフランス語テストの成績は下位に低迷していた。もちろん自分が悪いのだが、私の責任が四九パーセントで、五一パーセントは井上の責任だと今でも思っている。

カトリック教会のラ・サール・ホームにいた時にフランス語を学習している井上は、二、三年生レベルのフランス語なら簡単にできてしまう。つまり、テスト勉強する必要がまったくない。フランス語は初めてで予習復習が必須な私とは違って、事前勉強しなくてもテストをラクにクリアする。

そしてテストの前日になると、こんなことを言い出すのだ。

「荘六さん、今から横須賀に帰って、また学校に来るんじゃあ往復四時間以上かかるだろ？　俺のところに泊まれば、その分勉強できるよ」

この甘言にそそのかされて、これまで何度悲惨な経験をしたことか。だから断らねばいけないのだが、結局はいつも誘惑に負けることになる。

「それじゃ、今日はうちに泊まりだね。ところでさ、四時間あったら、ちょっと新宿で、映画一本観て帰ってきたって、まだ一時間以上は勉強できるよ」

そうしてまずは映画館へ。その後、四谷に戻って来て、一時間以上は勉強できる予定になっているはずだ。ところが、帰ってきてからが、しばしば厄介なことになる。

「あの場面はこう解釈しないとおかしくないか」

映画評の議論が始まるのだ。

ルネ・クレールの『リラの門』について徹夜の大論争になった時のことが、井上のノートにはこんなふうに書かれている。


新宿で「リラの門」をみた。西村も小川もいっしょだった。映画館を出て、明るい街路を歩きながら小川とこの映画の結末について議論をたたかわす。私の意見はこうである。

ジュジュは馬鹿でお人善しである。彼は街で夢をひろった。(その前に、彼は自分が駄目な男であり完全にペケな男であることを知っている。)

彼は殺人犯を英雄だと思う。彼をたすける事で彼は自分をいまの自分の位置から救いあげようとした。

その彼がその英雄を殺してしまった。彼はどうするか。まず警察へ自首するだろう。何故なら、彼は親友のため、そして他人のためなら泥棒さえしかねないが、自分が自分のためにし出かしたことにたいしては、ひどく厳格だからである。そして彼なら自分の仕出かしたことを自分で処理できないだろう。彼は芸術家がすでに頼りにならないことを充分知っているし、警察へいくほか自身を善処することができないにちがいない。英雄は根っからの悪人だ、二人殺し、二人に重傷を負わせ、純情な娘を口説いて彼女の一生を台なしにしようとしている。しかし、蟲けらのようなこの英雄も、とにかく人間だ。一人の人間の未来を葬った事はいずれにせよ「神を怖れぬ大罪」にちがいない。だから私は自首すると考えたし、あの芸術家とジュジュの対話でエンド・マークを見たときは、とにかく意外!!と思ったのだ。

ところが小川はこう言った。

ジュジュはなるほど警察へいくかも知れない。しかし、ジュジュが善人で、人を一人殺して知らぬ存ぜぬと押し通せない人間であることを吾々が知っている以上別に言うことがないではないか。結末はすべて観客の中にあるのだ。それに、ジュジュをポリ公のところへいかせたくはない人もいるだろうし……、ある人はポリのところへ行ったと想い、ある人は、あのまゝジュジュは自分のちいさな世界を生き續けてもいゝだろう。そういう意味からも、クレール氏は、ジュジュの運命を見てくれる人たちの冷たい心あるいは暖い心に託したのだ。この一ッの心の事件は終ったのだから未練がましくとってつけたような結末はなくもがなである……

小川はおそらくもっと別の事を言いたかったのだろうし私の文章は彼の失意を買うかもしれないが、だいたいこんな事を言っていた。そしてくらべてみると…完全におれの負けだ。この映画は完璧のうち終っている。古典劇のように。

(「ノート」大学二年当時)

ひどい時は議論が終わらず、夏休みに帰省した釜石から続きが手紙で送られてきた。
結局、映画を観た後に井上とテスト勉強をした記憶はほとんどない。
休講、遅刻で教室に入れない時、雨が降ったので講義を受ける気分にならない時、欠席日数にゆとりのある時、今日から新作が上映される日など、一応自分たちを納得させてから新宿に映画を観に行った。

なんのため毎朝、学校へいっているのかわからないような毎日。小川や西村たちと新宿で映画をみて、西口のきたない五十円メシ屋で夕食をかっこむ。それがたまらない魅惑であるという私のこのごろ。友情を私はいまゝで見くびっていた。そして、彼等と四十圓の天丼を喰ってても滅法たのしいということは、女を連れていれば決して四十圓の天丼をあゝよろこんで喰うわけにはいかないということだ。つまり女と連れ立って歩いているときは、男の見栄という化物のかげにかくれて始終、嘘を吐いていなければならないということで、さっぱり愉快じゃない…そういうことだ。辛じて私を支えているのはいつ彼女の手を握ろう——なんてことだけである。信芳とか小川とか育ちのいゝ連中と歩いていると実に教えられる。いくら惡党ぶっても彼等はとても魅力がある（これは正確な表現ではない。）ほんとうの陰ケンさがない。釜石にいた頃はおれの方が育ちがいゝとよくいわれたものだが…

（同前）

ダラダラと遊んでばかりの日々に、当時から作家を目指していた井上には焦りもあったことだろう。私や信芳は、単に能天気なだけだったのだが、まさか井上にこんなふうに見られていたとは思わなかった。

昭和三十三（一九五八）年、井上と横須賀でシネマスコープ『十戒』を観る。井上が、「映画は前席に座っている人の頭越しに観るより、スクリーンの中に自分が入って観るほうが迫力がある」

と言うので最前列の席に座った。海が割れて道ができるシーンでは、迫りくるような海水の飛沫に身をそらした。

ヒッチコックの『めまい』を観た。ジェームズ・スチュアートがキム・ノヴァクを河から救い上げる。二人がその夜をどう過ごしたかで大論争となった。井上は「二人はあの夜、情を交わしている」と主張する。私が「翌日の二人の表情からそれは絶対ない」と反論する。これはお互いに譲らなかった。

昭和三十四（一九五九）年、『十二人の怒れる男』。自己主張する国民性に二人とも共鳴し、この日は議論なし。

これこそが映画、やっぱりマリリン・モンローだと思ったビリー・ワイルダーの『お熱いのがお好き』。貴女はそのままのマリリンでいてくださいと、永遠のファンでいることを誓った。

ポーランド映画『灰とダイヤモンド』。これを井上と観た時は衝撃だった。いつもはすぐに近くの喫茶店に入って映画評の議論が始まるのだが、この時は二人とも新宿の名画座を出てから紀伊國屋書店に寄って、そのあとどこをどう歩いたか覚えていないが、新宿駅までまったく会話がなかった。私の観た映画史では今でもベスト三に入る作品である。

ルイ・マル監督『死刑台のエレベーター』

フランソワ・トリュフォー監督『大人は判ってくれない』

ゴダール監督・トリュフォーの原案『勝手にしやがれ』

ヌーベルバーグ全盛期のこれらの映画と当時の井上とが重なり合って見えてくる。

昭和三十三(一九五八)年、四期生からフランス語科に女子学生が入って来た。二期下なだけとはいえ、十八歳の現役合格生は、声を掛けただけで保護者が出てきそうな幼い少女たちで、我々が色めきたつような相手ではなかった。

井上が、学生食堂でカレーライスを食べようとしていた三人の女学生のテーブルに近づき、何か囁く。すると女学生たちは逃げるように駆け出していく。さしずめ、茶色いカレーがなにかに似ているなどのお下品な冗談でも言ったのだろう。井上が我々に向かって三人前ゲットのサインを送る。これで一食分の食費を浮かす。彼女たちとの交流はせいぜいこの程度だ。

田舎者にとって、やはり銀座は都会の聖地だ。新宿が我々の縄張りだったが、なぜか一ヶ月に一回は井上と二人だけの定例会として、銀座四丁目の三愛ビルのフルーツパーラーに行った。

注文はいつも「パイアラモードに紅茶」と決まっていた。

このパーラーでは、銀製の紅茶ポットに一杯半の紅茶が入っていた。しかし二人で、

「パイアラモードに紅茶」

とウエイトレスに注文すると、パイアラモードが二つ、カップが二つと銀製の紅茶

ポット一つがテーブルに置かれてしまう。これだと紅茶はきっちり二人分しか入っておらず、一人につき半杯分の損である。

そこで井上が編み出した作戦はこうだ。

まず、井上がテーブルに着き、「パイアラモードに紅茶」と注文する。ウエイトレスが厨房にオーダーを告げるのを確認してから、遅れて私が井上のいるテーブルに着く。ウエイトレスが再びやってきたところへ私が、

「パイアラモードに紅茶」と注文する。

こうして銀製の紅茶ポット二つがテーブルに置かれ、我々は一杯半の紅茶を楽しむことができる。

たかが紅茶半杯のことにでも、面白いアイデアをひねり出そうとするのは、もはや井上の癖みたいなものかも知れない。

夏休みに入る前日、井上が底の幅広い大きな鞄を下げて学校に来た。中身は空っぽだ。

昼になり、その大きな鞄を持ったまま食堂にやってきたので、

「何を入れるつもりだよ」

と尋ねると、

「今年の夏休みは釜石に帰らずに、中央出版社で仕事しようと思っているんだ。だから夏休みの間、ここの食堂の水差し（ピッチャー）を借りようと思って」

と言って、厨房の人に断ることもなく、堂々と水差しを鞄に入れて持ち帰った。

井上の名誉のために記しておくと、この水差しは、またもや誰にも断らずにではあるが、二学期の初日にはちゃんと食堂に返されていたことを、私がしっかり確認している。

昭和三十四（一九五九）年。学生を中心とした第一次安保反対闘争デモが国会議事堂前で連日行われていた。我々の仲間でも、テレビや新聞を見てこのことは話題になった。

上智大学はカトリック系ということもあってか、学内はいたって平穏な日々が続いていた。当時の「上智大学新聞」には、学長一問一答のコラム欄で「学生の直接的政治活動は適当でない」と書かれている。

「行こう。学校にはバレないよ」

井上のひと言に四、五人でデモに参加した。スクラムを組んでのジグザグ行進は本当に疲れた。デモの中で、大学の事務員と偶然鉢合わせた。いつも我々の出欠席を厳格にチェックする憎きオヤジだ。

そんなアクシデントもあったが、我々は意気揚々と四谷に戻って飲み屋で祝杯をあげた。あの一体感は何ともいえないものだった。

翌日、デモに参加した我々は学生指導担当の先生に呼び出され、長々と説教された。もしかしたら事務員のあのオヤジが……と疑惑が頭をよぎったが、

「どうしてバレたのかな、ゴメン」

と井上は謝っていた。

私にとっての学生運動は、このようなお祭り気分でちょっと参加してみたものに過ぎなかったが、井上にはもっと違った関わりがあったようだ。

卒業して間もない頃、帽子を目深にかぶった男を連れて、井上が横須賀の我が家にやって来た。

「彼はある派閥から追われているんです。いつ襲われるか分からないので、外に出られない。夜中のもやしの仕事などしますから、当分の間、『あの二階』にでも置いてもらえないでしょうか」

それ以上の詳しい話も聞かず、父は、

「いいよ」

とあっさり答えた。

戦時中から司法保護委員や民生委員をしていた父は、刑務所から出所した人を受け入れ、保証人になって仕事の世話をしたり相談に乗ったりしていた。子供の頃、ムショ帰りのおっかない顔をしたこの男がいつ暴れ出すかも知れないと、障子の隙間から見ていて怖くて仕方なかったことを思い出した。

それよりも驚いたのは、井上が「あの二階」を知っていたことだ。

我が家には、母屋と接して百五十坪ほどの製造場があり、そこには天井の高さを利用した三畳ほどの小さな部屋があった。かつて味噌製造業を営んでいた時は、使用人がたまに寝泊まりしていた。この部屋に入るには、梯子をかけて昇らなければならない。頑丈な梯子はものすごく重かったし、かけっぱなしでは作業の邪魔になるので、もやし屋に転業してからはほとんど使われていなかった。つまり、ちょっとした隠し部屋になっていたのだ。

確かにここなら、この革命家に追手が迫った時に、梯子を外して窓から隣家の屋根伝いに逃げることができる。

学生時代に遊びに来た時、我が家の見取り図まで書いていた井上だが、あの二階のことまで調べ上げていたとは、恐ろしい観察眼だ。

その彼が居候している時、知人の女子大生が夏休みに出された課題の読書感想文を書いてもらったことがあった（本当は私が頼まれたのだが、頼み込んで代わってもらった。ちなみに井上は、彼に読書感想文を書かせることに異議を唱えていた）。

彼女はこの男に書いてもらった原稿を写し書きもせずに、そのまま提出したらしい。

すると感想文を返却しながら先生が、

「貴女は、普段から何か書き物をしているのですか」

と訊いてきたそうだ。

感想文に使われた原稿用紙の隅には「紀伊國屋」と印刷されていたらしい。どうやらこの男、井上と同じ作家志望の仲間だったようだ。

彼は「三浦港（みうらみなと）」といって、三浦半島・横須賀と相性がよさそうなその名前のためか、結局、四年間我が家の二階に住み着き、その間、一歩も家の外に出なかった。常駐の働き手がいることで、手のかかるもやしの製造に縛られていた兄の恵五はどれほど助かったことだろう。

のちに横須賀で行われた三浦さんの結婚式には、小川家こぞって出席した。井上は残念ながら仕事で欠席していたが、感想文を書いてもらった女子大生も、その時は私の妻として列席し、ともに三浦さんの結婚を祝った。

井上の自筆年譜の昭和三十五（一九六〇）年の欄に「四月、上智大学外国語学部フランス語科卒業」とある。

四月？　三月ではなくて？　これにはちょっとした事情があった。

「一緒に行こうよ」

昭和三十五年の三月、私は既に留年が決まっていた。フランス語科の日本人教授に「出席日数が足りません」と告げられたのだ。なのに井上は、無事に留年を免れた自分の卒業式に、私を連れて行こうとした。

「何で井上の卒業式に出なきゃなんないの？　俺、井上の保護者かよ」

「いいから一緒に行こうって」

結局、「じゃあ、まあ行くか」となってしまう。どこにでも誘う井上も井上だが、何でいつもこうなるのか自分でもまったくよく分からない。

卒業式の会場は、大学と同じ千代田区内にある砂防会館だったと記憶している。授業の出欠や入室にはあんなに厳しかったのに、会場に入る卒業生については特に確認されなかった。へんなところがいい加減な学校だ。しかしそのおかげで、私も井上と一緒に卒業生の並ぶ席に座ることができた。

他人の卒業式に興味などわくはずもなく、式典の内容はまったく覚えていない。おぼろげな記憶では、一人ずつ卒業生の名前を呼び上げていたと思う。我々の世代までは人数も少なく、男ばかりで華やかさや色気など微塵も感じられなかった。

退屈な式典が終わったところで、隣に座っていた井上が、

「俺の名前、呼ばれたかな？」

と言った。

「さあ。そう言えば、聞かなかったかもな」

「そうか。俺も聞こえなかった」

おかしいなと言いながら会館を出た。翌日、大学の事務局に行き確認したところ、事務員の返事はこうだった。

「あなたは単位が足りていません」

井上も私も、卒業できるギリギリ最低数の科目しか取っていなかった。つまり、ひとつでも単位を落とせば一発アウトだ。

問題の科目は「社会倫理学」だった。しかしこの「社会倫理学」は、井上のカンニングのおかげで、みんな単位を取ることができたはずだ。

井上のカンニングのやり方は、試験官の行動を読むというか盲点を突く見事な方法だった。たいていの試験官は、学生が手元で何かするのではないかと気を配っている。そこで井上は、まず参考書を足元に置く。足先で器用にページをめくりながら、問題の解を探し当て、周りの者にこっそり教えてくれたのだ。

こんな危険を冒してまで単位を取るために頑張ったのに、井上だけが一体どうして？

答えは簡単だった。

選択科目の取得には、事前に履修登録を教務課に申請しなければならない。井上は、

「社会倫理学」の取得申請手続をしていなかったのだ。

教務課に必死に事情を説明して、やっと卒業させてもらった。井上の卒業が三月でなく四月となっているのはそういうわけだ。

付き合いで出席した卒業式にこんなオチがついたのだから、私はこの顚末の記憶に自信があるのだが、井上は自分の卒業についてはこんなふうに語っている。

私は昭和三五年に卒業したんですけども卒業式には全然名前が呼ばれませんで、そのリーチさんという人にレポート出してないとダメ。でようやく卒業できる、つまり当時の田舎の少年にとってあるいは青年にとって、とにかくなんでもいいから大学を出たいと、大学さえ出れば何とかなると、なんかそういう思いで上智大学に通っていたのですから、その時は、ショックでした。昭和三五年、そこの図書館で卒業式があったわけですが、外国語学部のドイツ語からフランス語にきて、私の名前がないんですね。思わず立ち上がって、私の名前がありませんって言うと、そのリーチさんが、先生方の席にいて、君はまだレポート出してないって言うんです。それで私は昭和三五年の九月三〇日卒業になってるんです。

（前出「上智大学と私」より）

単なる記憶違いか（会場も違ってるし）、はたまたリーチ先生をネタにしたリップサービスだったのかは分からない。

井上はこの講演の中で大学についてこう話している。

つまり、大学で必要なのは、学問の中身ではなくて、そこで誰にあったか、誰と友達になったか、誰と付き合ったか、そして、自分の人生を生きて行くための新たな基本的な姿勢といいますか、それをいろんな友達とか先生と一緒にワーワーやりながら、それを培っていくというのも大事な事だと、大事な役目の一つだと思っていますので、大学のレベルがどうあれ一つの運命として上智大学というところを選んだ以上、それは必然です。

私もまったく同感である。

私の就業履歴書

大学に入る前から、私は映画監督を目指していた。

通っていた高校で化学の教師をしていた兄が、

「高校生活を大学の予備校にしてはならない。お前は補習授業を受けなくていい」

と言うので、その方針に従った結果、当たり前だが大学受験に失敗した。

浪人一年目は映画漬けの生活。イヴ・モンタンの『恐怖の報酬』、ジェームズ・スチュアートの『グレンミラー物語』。

日比谷劇場で『ローマの休日』のオードリー・ヘップバーンを観て、絶世の美人はいるんだ！　と絶句。

浪人二年目も、本数は減ったが映画は観続けた。

ジャン・ギャバン、ジャンヌ・モロー『現金（げんなま）に手を出すな』。

『七年目の浮気』のマリリン・モンローを観て、お前はもうヘップバーンから心変わりするのかと苦悶する。

大学で井上と出会ったことで、映画に対する熱はますます高まり、卒論のテーマも「フランス映画と日本映画の社会に対する影響」とした。

卒論を書くために、大学四年の夏休みと冬休みを合わせて二十日間ほど、京都御所まで歩いて五分の京都の知人宅に滞在した。その知人とは、京都松竹の映画監督、大曾根辰保(たつお)さん。

明治四十四（一九一一）年、大曾根さんが六歳の時、母親に連れられて、同じ千葉出身の私の祖父を頼って横須賀にやって来た。当時の詳しいいきさつは分からないが、祖父は私の父の弟として大曾根さんを預かったようだ。

小学校に入学させ、中学を出したあと、横浜高等商業学校（横浜国立大学の前身）に入学させたが、大曾根さんは映画監督をやりたいと言い出し、中退してしまった。

若い時の大曾根さんは、かなりやんちゃな青年であったらしい。徴兵検査を嫌がって逃げ回っていたところを、このままでは刑務所送りになってしまうと心配した私の父が、首根っこをつかんで強制的に徴兵検査を受けさせたと聞いたことがある。

そんな縁でお邪魔することになった大曾根さんの家は、京都特有の造りで、間口が一間で奥に長い。どれほど奥行があったのか分からない。私が冬休みに滞在した時、家の目の前が火事になっても誰も気づかなかったほどだ。

滞在中は大曾根夫人の妹さんに何から何までお世話になった。与えられた部屋は二階の二十畳。大家族で布団を奪い合っていた者にとっては、二十畳の真ん中に敷かれた寝床は何とも落ち着かず、部屋の隅に布団を引きずっていって寝たことを覚えている。

玄関の置物になっていた「十手」の重さに驚いた。これを撮影で使っているとしたら、時代劇の端役で「御用、御用」の役者も疲れるだろうと思った。

運転手付きのアメ車マーキュリーで京都太秦(うずまさ)の撮影所に何回も連れて行ってもらった。真夏の室内での撮影は過酷で、槍を持って立っているその他大勢のエキストラが暑さでバタバタと倒れる。監督が頭を抱えている。ＯＫがなかなか出ない。暑さと重い空気に緊張と疲労が加わり撮影所内は長い沈黙が続く。

滞在中は映画の勉強より、大曾根家の日常に驚きの連続だった。家族構成は大曾根監督、元女優で監督とは親子ほど年の離れたまだ三十代の夫人と四歳の息子、夫人の母親と妹の五人である。

とにかく人の出入りが多かった。特に俳優が多く、当時、大スターの高田浩吉、鶴田浩二、庶民派女優の飯田蝶子、若手の俳優などが目の前に次々現れ、ただただ圧倒される。

この人たちは何をしに来ているのかと大曾根さんに尋ねると、

「みんな役が欲しいんだよ」とのことだった。

デパートに外商部があることも、この時初めて知った。

部屋に数枚の着物が広げられているところで大曾根夫人が私に尋ねる。

「小川さん、どれがいい？」

「これが綺麗で好きですね」

と適当に答えた後に、隣に座っていた妹さんにこっそりと訊いてみた。

「いくらぐらいするんですか？」

「ここにあるのは一点、十万円から十五万円くらいじゃないかな」

ラーメン一杯二十円の時代にこの着物が一点十万！

「小川さん、四条河原町に買い物に一緒に行きましょう」

夫人はすっぴんでも整ったきれいな顔をしているが、化粧した顔はさすが元女優、まったく別人のものすごい美人に変身する。街中で誰もが振り返るので、恥ずかしくて少し離れて歩こうとすると、

「女性の荷物は持つものよ。そんなに離れなくてもいいでしょ」

とスクリーンでしか見たことのないような素晴らしい笑顔を向けられ、ますます恥ずかしくなった。

当時の大曾根監督は京都松竹の大御所と言われていて、娯楽時代劇を多く撮っていた。

松竹京都撮影所で衣笠貞之助の助手から、昭和九（一九三四）年『石井常右衛門』で監督デビュー（昭和七年監督補助を経て）。昭和三十七（一九六二）年『義士始末記』まで九十六本、松竹下加茂、松竹京都で撮影している。代表作に、菊田一夫原作の『フランチェスカの鐘』や舟橋聖一原作の『花の生涯　彦根編　江戸編』がある。他にも、美空ひばりの映画を六本も撮っている大衆娯楽映画の監督であった。

私が映画監督を目指したいことを話すと大曾根さんは、

「君のおじいさんと親父さんにはさんざん迷惑をかけた。大変世話になった私の恩人

だ。今の私があるのも二人のお陰なんだ。これからはテレビの時代になり、映画界は衰退していく。恩人の身内をそんな斜陽産業に引っ張り込むわけにはいかない。だから君が松竹は勿論、東宝、大映、どこの映画関係の会社を希望しても私が断固阻止する」

と語気を強めて言った。

卒論や就職のことなどを井上に相談したかったが、四月に二足の草鞋から卒業した井上は執筆活動に集中していて、学生時代のようには会う時間が取れなかった。

大曾根さんに嚇(おど)され、諭された私は、映画関係の仕事に就くのを諦めた。

就職活動もしないままに卒業したが、年度末ギリギリになって、地元の議員、田川誠一代議士に連れられて事務機器の製造販売をする岡村製作所の面接を受け、就職した。

そこで昭和三十六（一九六一）年から一年弱、東京の赤坂見附営業所で営業マンを務めた。

東京の新築ビルに、受注した大量の事務機器を何台ものトラックで搬入するのだが、その頃、既に東京の交通渋滞は激しく、昼間に大型のトラックを何台も駐車させることはできない。そのため作業は夜半過ぎから早朝にかけての時間帯になる。

当然、横須賀へは帰宅できない。営業所に戻って、机の上で寝て、また朝から営業に出る。徹夜明けでも営業に出られるように、会社には新しいYシャツを必ず一枚置いていた。

今ならさしずめ労働基準監督署から就労時間について勧告されそうだが、私にとっては、いい上司や先輩と仕事をさせてもらったこと、都心の上場企業に勤務する一流社員に会えたことなど、短い期間ではあったが、本当に良い社会勉強をさせてもらった。ここでの仕事は、私にとって大きな財産になった。

それでも仕事はかなりハードで、その年の十月頃、私の身体を心配してくれた知人が、

「お宅から徒歩十五分で、午前中に仕事して、午後から本でも読んでいればいいとこがあるけど、どう?」

と声を掛けてくれた。

「そんないいとこなら、ぜひ!」

というわけで、昭和三十六(一九六一)年十二月一日付けで横須賀市役所の税務職

員となった。

初日から十日間の研修はただ苦痛の毎日だった。地方自治法、地方公務員法、服務規程、地方税法等々、朝の八時半から夕方の五時まで座学が続く。

八ヶ月ほど前の民間企業での新人営業マン研修は、矢継ぎ早な質問、課題解決、ロールプレイング、工場で事務机やキャスター付きの椅子などの組立作業実習があり、緊張の連続だったが実践的で面白く楽しかった。

一方、役所の研修は、所属の係長級、課長級が下を向いて資料を淡々と読んで説明するだけだ。

おまけに言葉の意味がさっぱり理解できない。襲ってくる睡魔に耐える修行のような時間だ。研修を受けている十二人のうちほとんどは高卒現役の若者たちだった。七歳上の私がここで一人居眠りをしてさらに目立つわけにもいかない。そこで、

「質問してもよろしいですか」

と挙手する。こうすれば自然と目が覚める。眠くなると挙手。特に、睡魔に襲われる午後には手を挙げる回数が多くなる。質問するのは私だけだ。積極的な新人がいると人事課で評判になっていたらしい。

研修の最終日に全講師が並ぶ中、人事課の担当者が、

「どんなことでもいい、遠慮しないで質問してください」

と言ったので、すかさず手を挙げた。

「野球部ありますか？」

この質問で、これまでの評価はゼロを通り越し、人事課の要注意人物として在職中はマークされ続けることになった。

午後は本を読んでいればいいというわけではなかったが、まず野球部に入り、次いで囲碁部、ゴルフ同好会、レコード鑑賞会に所属した。税務部では組合活動、その中で一週間に一度は麻雀に興じていた。雀荘から出勤したこともあった。残業は極力しないようにした。というより、部活動に忙しく残業する時間がない。ここでも、いい上司や先輩、いい同僚たちに恵まれ、好きに仕事をさせてもらった。

税務、監査、研修の部署を経て、昭和五十七（一九八二）年、二十年間勤務した横須賀市役所を中途退職した。三年前から懇願されていた逗子に本社のあるスーパーマーケット「スズキヤ」への転職を決めたのだ。年間三百六十三日出勤した年もあったが、良く働いたかどうかは他者の評価に譲るとして、四年目の三月末に、会社経営の

立て直しのため、まず自分が身を引くことにした。

それから一週間もしないうちに、無職となった私に声を掛けてくれる人たちがいた。横須賀にあるスーパーマーケット「エイヴイ」の木村社長と専務が、高級肉を手土産に我が家まで来てくださって、熱心に誘ってくれた。

高校の同級生で「ケンコーマヨネーズ」社長の松生睦（まついけむつみ）君も、

「取り敢えず、営業を経験してもらうけど、よかったらうちにおいでよ」

と言ってくれた。

しばらくは浪人生活かと覚悟していたので、彼らの誘いは嬉しかった。今でも有り難く、本当に感謝している。

やがて私はフリーで研修の仕事を始めた。市役所退職前の十年間、職員研修を担当させてもらったことが、その後の私のライフワークの基礎となったのだ。横須賀市役所にも足を向けては寝られない。

市役所時代に逗子の青年会議所に招かれて講演した縁で、材木、建築資材、サッシの販売をしている「キリガヤ」の桐ケ谷覚（さとる）専務と、「山陽印刷」の秋山至（いたる）社長の二人がコンサルタントとして契約してくれた。これに一番ほっとしたのは女房かも知れない。

個人事業者としての屋号を「ＫＳブレーン」としたのは、この二人への感謝を忘れないためである。

その後、これも市役所時代に他都市の研修担当者と交流していたことで、秋田県や兵庫県、倉敷市、横浜市など多くの県市町村から研修講師として呼ばれるようになった。

ここまで人との出会い、人との縁だけで成り行きまかせに生きてきた私は、井上が書いたこの台詞に心から同意したい。

「いまいる場所は、神様から大事な道具として、あたえられたものだよ」

（『兄おとうと』）

それぞれの結婚と結婚式

昭和三十六（一九六一）年十二月、井上は内山好子さんと結婚した。

そしてある日のこと、家人から運命的な電話がかかってきた。

「あなたの住所をディレクター氏の住所録で見つけたので電話しました。あなたはあのディレクター氏にいくらお金を貸しました？」

これが、それ以後今日まで十数年にわたって続くお喋りの第一声だった。とは露知らずわたしは、お金は貸していないが、台本料の未払いが若干ある、と答えた。すると、彼女は、

「じゃあ、あなたもやはり被害者ね」

と勢い込んで言い、こう付け加えた。

「今夜、新橋のＤホテルのロビーで、ディレクター氏から被害を蒙った人たちが集まって相談会を開きます。いらっしゃいませんか?」

愚かなことに、わたしは行きますと答え、更に愚かなことに、ほんとうに出かけて行った。生れたときは百里も隔たっていた二人の人間が、すれ違ったり、かけ違ったりしながら、ここにこうしてようやく同じテーブルにつくことになったのである。

そのときの彼女はその会の世話役といった役割を果たしていた。積極的に動き、のべつ発言していた。この積極さから思うに、この人はあのディレクター氏にかなりの金品を欺しとられているに違いないと思いながらわたしは眺めていたが、後で訊くと、女物の安腕時計一個だったそうで、これには呆れた。

（『家庭口論』所載「ビフテキとラーメン」）

詐欺まがいなことに遭い、そこでの偶然の出会いがそのまま二人を結び付けたいきさつや、ちゃきちゃきの下町浅草育ちの好子さんについて書かれている。

婚姻届は、原因は分からないが井上の戸籍が行方不明で、仕方なく「井上廈」でなく内山姓の「内山廈」となったと、後日、井上から聞かされた。つまり結婚した後の「井上ひさし」はペンネームということになる。いつ「井上廈」に戸籍が戻ったかは聞きそびれてしまった。

井上夫妻が神奈川県の辻堂東海岸に住んでいた頃、婚約者を連れて遊びに行った。彼女は好子さんを一目見た瞬間、私の耳元で囁いた。

「千鶴子さんに似てる！」

妹の千鶴子は、我が家に遊びに来ていた井上たちのお茶や食事の世話などをよくしていて、火事騒ぎの手際良さなどに井上は好意を持ったらしい。

さて、彼には妹がひとりいた。家人と結婚する前、わたしはこの妹と短い期間だが交際（つきあ）っていたことがあり、その頃アルバイトがわりにわたしが倉庫番として寝泊まりしていた出版社へ日曜日毎に弁当を携えて遊びに来ていた。

（『家庭口論』所載「祝詞とオルガン」）

井上と妹は一年近く付き合っていた。

妹は、我が家の二階に遊びに来ていた兄の教え子と井上の二人から、同じ時期にプロポーズされた。二人共嫌いではなかっただけに自分一人では決められず、兄に相談したりした挙句、悩みに悩んで兄の教え子のほうを選んだ。

結果的には、妹の選択は良かったというより正しかったと思う。

井上の才能からすれば、戯曲、小説、評論など、日本文学史に残る作品を当然書いたとは思うが、もし、連れ合いが好子さんでなかったら、井上のデビューはもっと遅かったのではないか。

好子さんの人脈づくり、接客力、井上作品の売り込みはプロのマネージャー級で、水を得た魚のように、持って生まれた才能を発揮していた。

好子さんの鋭い勘と執念の一例が、昭和四十（一九六五）年、四谷に住んでいた頃の、『家庭口論』にある。

いつかもこの「家庭口論」に書いたことがあるが、家人に取柄は少いけれど、この勘だけは確かだ。

前にふらりと横須賀へ遊びに行ったことがある。横須賀にはOという頭文字(イニシャル)の親友がひとりいる。そいつの顔がなんとなく見たくなったわけだ。家人には、

「横須賀のOのところへ行ってくる。一晩泊ってくるかも知れない」

とだけしか言わなかった。

その夜、わたしとOはお茶を飲みに街に出た。お茶を飲んでOの家へ帰ろうとしたら、映画館の前にナイトショウの看板が出ていた。たしか今村昌平の「豚と軍艦」だったと思う。ご承知のように映画の主舞台は横須賀である。それで繰り返し、これが横須賀の映画館にかかるらしい。彼もわたしも映画狂である。二人とも前に何度か観た映画だったが、「豚と軍艦」は再見にも三見にも、いや百見にも充分耐え得る名作だ。わたしたちはその映画館に入った。が、開映五分ぐらい前におどろくべきことが起った。場内の拡声機が、「東京四谷にお住いの井上さん、お宅から至急のお電話が入っておりますから、すぐに劇場事務所までお越しください」

と告げたのだ。

「豚と軍艦」を観ようと決めてから十分も経っていない。Oとわたしがこの映画

館にいることを知っているのはOとわたししか、いないはずである。なのに家人は、東京の四谷に居てどうしてこのことを知ったのだろう。少々薄っ気味がわるくなったが、とにかく事務所の電話に出た。

「台本の直しが出たのよ。期限は明日の朝までだって」

受話器の向うで喋っているのは疑いもなく家人である。

「……だから今夜中に帰ってきてくださいね」

「わかった。しかし、どうしてOとおれがここにいると見当をつけたんだ?」

わたしの質問に対して家人はこう答えた。

「まず、Oさんの家へ電話したのよ。Oさんの家の人は『かれこれ三時間も前に、二人で出て行ったきりまだ戻っていない』と教えてくれた。とたんにわたしは、これは映画に行っているな、とぴんときたわ。なぜってOさんとあなたは逢えばかならず、『今村昌平はすごいの、大島渚はたいしたもんだの、浦山桐郎はいいの、篠田正浩どうの』と映画の話になるほどの映画狂でしょう。それに、二人とも酒を飲まないし、となると横須賀で大の男が何時間も時間をつぶせるところは映画館しかないじゃない。そこでOさんの家の人に、地元の新聞の映画番組案内欄を読み上げてもらったの。そうしたら、他はみんなあなたたちの嫌いな恋愛映画でしょう。これは『豚と軍艦』しかないと狙いをつけたわけ」

それ以来、金をくすねたり女友達に手紙を書いたり、ささやかな反逆を企むたびに、この家人の勘が気になる。気になれば怯える。怯えれば色に出る。色に出ればすぐに見破られる。むこうは見破るたびに「あたしの勘はちょっとしたものね」とますます自信を持つ。こっちはますます怯える。悪循環とはまことにこのことだ。

（『家庭口論』所載「針千本と筆一本」）

原稿の催促から雲隠れしたかったのは確かだろうが、好子さんからもちょっと避難したかったのかも知れない。好子さんを知る多くの編集者も、彼女に翻弄されたことを含めて、異議を唱える人はいないと思う。

いずれにしても、井上自身、まして私の妹には絶対無理な芸当である。

何より妹の最大の功績は、井上と私を義兄弟の関係にしなかったことだ。

井上が私の義弟となっていたらと想像するだけで恐ろしくて身震いする。相変わらず仕事もそこそこに遊びまわっていたかも知れないし、家族がからめば、考え方の違いから大喧嘩や仲たがいをしていたかも知れない。それはまったく別の人生で、しかも私にとっては最悪の泥沼の道になったとしか考えられない。

井上とは学生時代からの変わらない距離感があったからこそ、五十年もの長い付き合いができたのだと思う。

昭和三十八（一九六三）年十月二十七日、同期のパンタこと田村の結婚式に井上と出席した。

式場は、今はない日比谷の日活ホテル。いつも通りのことだが、井上と一緒に行動すると、何故か決められた時間に必ず遅刻する。

この日もなにをしていたのか三十分は遅れて到着、ホテル内の廊下を走って披露宴会場を探し回った。たまたま開いていた扉から会場を覗くと、目の前に二つ並んだ椅子が空いていたので、取り敢えず二人で座った。出席するはずの同期の仲間が見当たらない。ファンファーレと司会者の案内で新郎新婦が入場。

「パンタじゃない‼」

二人で飛び上がって逃げ出した。

その後、なんとか会場を探し当て、三年ぶりに再会したいつもの仲間と、式場を出た後にホテル近くの喫茶店で、学生時代の思い出話で盛り上がった。井上が、

「折角だからリーチ先生に会いに行こう」

と言い、新橋から上智大学へ向かった。

新築校舎の四階にあった先生の部屋を訪ねた。リーチ先生は、

「ムッシュー小川、ヴィアンジシ（viens ici　こちらに来なさい）」

と私を手招きして、我々を部屋からベランダに案内すると地面を指差し、

「今はもう窓から入れません」

と笑った。かまぼこ校舎の窓から入って遅刻を見逃してもらったことを、リーチ先生は覚えてくれていた。

この日のことも、井上のノートにこう書かれている。

十月二十七日（日）

田村君の結婚式。午後一時日活ホテル六階。日活ホテルのボーイたちの無礼なこ

左から山之内、筆者、真島、大島、リーチ先生。井上がシャッターを切っている。

と、気が狂いそうだ。事務的サービスと都会人意識。一種の劣等感のあらわれとみてよかろう。

上司（御政道＝政治）に泣かされつづけてきた日本人のマゾヒズム。それが参列者を事務的にやっつけることで加害（＝サディズム）に転化。

「サディズムとマゾヒズムは、同一人物の中に同居しているものであり、ともに劣等感の表われである」（フロイト）

式終了後、小川、真島、山之内、大島の諸君とヴィクトリアでボンヤリ。四谷へ出てリーチ師にあう。大きくなったアルマ・マーテル。

アルマ・マーテル、母親なる魂。たしかに学校とはそういうものかもしれない。自分の青春がねむっているところ。「イーグル」でまたボンヤリ。

別れて、小川と玉突。調子は悪くなかったが後半追いあげられて、一勝二敗。寿司をくって（８百４０円）東京駅へ。

昭和四十（一九六五）年一月三十一日、同期の真面目な山之内君の結婚披露宴にも井上と出席した。

披露宴の前日、井上と久し振りに東京で会った。いつものように新宿で映画を観て、夜は延々と相変わらずの映画論。学生時代とまったく変わっていない。

結婚式の当日は大雪。ダイヤの乱れと寝過ごしたことで、吉祥寺での披露宴開始時間にまたもや遅刻した。司会を頼まれていた私が遅刻したことに、披露宴会場の列席者の硬い顔。新郎は「フィリップ」のクリスチャンネームを持つ敬虔なカトリック信者である。山之内家はかなりの名門の一族のようで、八十人ほどの披露宴には、三井造船会長も招かれていたことを後で知った。

井上は、サプライズとして、アメリカの新聞「スターズ・アンド・ストライプス」をもじって「スターズ・アンド・ストリップス」という怪しげな内容の新聞（左頁）を列席者一人ひとりに配布して回っている。記事は、この両家にとっては少し刺激が強すぎる内容だが、井上の文才を見ることができる。

私と井上の行動に呆然とする披露宴会場の雰囲気に、これはもう、司会も開き直るしかないと思った。

「遅れまして誠に申し訳ございません。本日の披露宴の司会を務めさせていただく小川と申します。私は、新郎の山之内君とは上智大学フランス語科で入学から四学年ま

第00000+009号 STARS ANN STRIPS 昭和40年1月31日(日)

正義の味方

吉祥寺スキャンダル 号外特報

幼稚園の保母さん 指名犯人をタイホ!

社説

（ジャセツでなく ジョセフと読む）

このたびの結婚さんの壮挙にたいして 各方面から絶讃の声が寄せられている その一部を紹介すると……

快挙に踊る各界からの絶讃の嵐!!

「妻と子どもをもった男は運命に質入れしたようなものだ」 ベーコンさん

「良き夫は良き妻をつくる」 ロバート・バートンさん

「どんな賢者にしても、じぶんのえらんだ妻には惚れているものである」 ホメロスさん

「夫婦がおたがいに退屈がらせるのは悪いことである。しかし、その一方だけが他を退屈がらせるのはもっとわるいぞ」 エッシェンバッハさん

「家庭とは帰る必要の生じたとき必ず迎えてくれる場所である」 ロバート・フロストさん

第00000+009号 STARS ANN STRIPS 昭和40年1月31日(日)

本紙独占インタビュー

"結婚さんは語る"

本誌特派写真

今年の運勢

"危機一髪"

読者交換室

では同期生でしたが、卒業年次に教授から、君は卒業させるには惜しいからもう一年残ったらどうか、と切望されて一年留年させられました。

学生時代、勉学一筋で女性には目もくれなかった山之内君が新婦の建部（たてべ）佳子（よしこ）さんに目がくらみ、執拗に迫り、めでたくリーチ神父の司式で結婚されました。

おめでとうございます！

しかし今、私は複雑な心境です。私に留年を最終宣告したのが、ここにいらっしゃる主任教授のリーチ先生なのです。本日は悪天候で視界不良ですがよろしくお願いいたします」

後は、山之内君は頭が切れるが、意外に沸騰点が低くキレやすい面があるとか、沈着冷静に見えて、井上に招待状を出し忘れたとか、言いたい放題。二人で逃げるようにして帰った。

ところが後日、破天荒な披露宴が上流の名門一族に意外に好評だったと聞いて、井上と顔を見合わせてニヤリと笑った。

昭和四十（一九六五）年四月初旬、この年の十月に私も結婚することになり、その相談で、私は婚約者を連れて赤坂の氷川神社下の井上の家を訪れた。

婚約者の父親は、私が勤めている市役所で収入役の役職にいた。そんな関係から市長や助役が是非、仲人をやらせて欲しいと言ってくれていた。

官庁でも企業でも、組織には多かれ少なかれグループや派閥が生まれる。私にも三つの派閥からの勧誘があった。確かにどこかの派閥に属すれば、仕事で救われることもあるし、昇格の近道になる可能性があることも分かっていたが、私はすべての誘いを断った。

「寄らば大樹の陰は確かにラクで安全でしょうが、大樹は葉が多く茂っていて、根元の方は陽が射し込まず、暗くじめじめしています。私はまだヒラの若輩者なので、陽が射し込む幹辺りに来ましたら宜しくお願い致します」

市長、助役のどちらかに仲人を頼んだら、婚約者の親の「七光り」と思われるのは仕方ないとして、今度は大樹の陰どころか御神木の陰になってしまう。

職場の労働組合の役員もやっているし、定年まで役所にいるかどうか分からない。なにかの事情で中途退職したら仲人の顔を潰すことになるし、関係者に迷惑が掛かっていろいろ面倒なことになる。

「大学同期の親友がどうしても仲人をやりたいと言っているので」と言えば万事解決と思いつき、井上に頼むことにしたのだ。

ところで、その頃からぼつぼつわたしの友人たちが結婚をするようになったが、彼等の式や披露宴に、わたしはどうもよい印象が持てなかった。なかでもひどいものがふたつあった。もっとも、このふたつにはわたしが司会者や仲人としてからんでいたので、その式や披露宴がひどかったのは、こっちのせいなのかも知れないのだが。

わたしが仲人をした式は神前で行なわれた。友人はわたしよりひとつ年下で、さる役所に勤めていた。役所というところは人間関係の難しいところらしく、Ⓐなる上役に仲人を頼めば、同じぐらいの地位にいる別の上役Ⓑが快く思わぬ。Ⓑに依頼すれば今度はⒶがひがむ。そこで彼はその役所とは全く関係のないわたしを仲人に立てたのである。

（『家庭口論』所載「祝詞とオルガン」）

三十歳の井上の初めての仲人である。井上たちは結婚式を挙げてないし、記念の写真一枚もないだろうから、礼服の井上夫妻二人だけの写真を撮るということで引き受けてもらった。

昭和四十（一九六五）年十月十六日、私の結婚式の当日、式が始まる時間ギリギリに井上が来る。結婚式の仲人を引き受けておきながら、関係者をハラハラさせる井上に、（それまでの自分の行ないは棚に上げて）その時はさすがに腹が立った。

しかし当時のノートを見ると、忙しい中、横須賀まで来てくれたことがうかがえる。式に間に合っただけでもまあ良しとするか。

十月十六日（土）

午前中、ＴＢＳ「オーナー」の「ニュース・アラショック」。正午、「アマンド」で家人と待合わせ。横須賀へ。

横須賀のパチンコ店の看板にトラヒゲ。文化会館で小川荘六の結婚式。

千鶴子さんや先生――。

いきなり謡が流れ思わず笑いだしそうになる

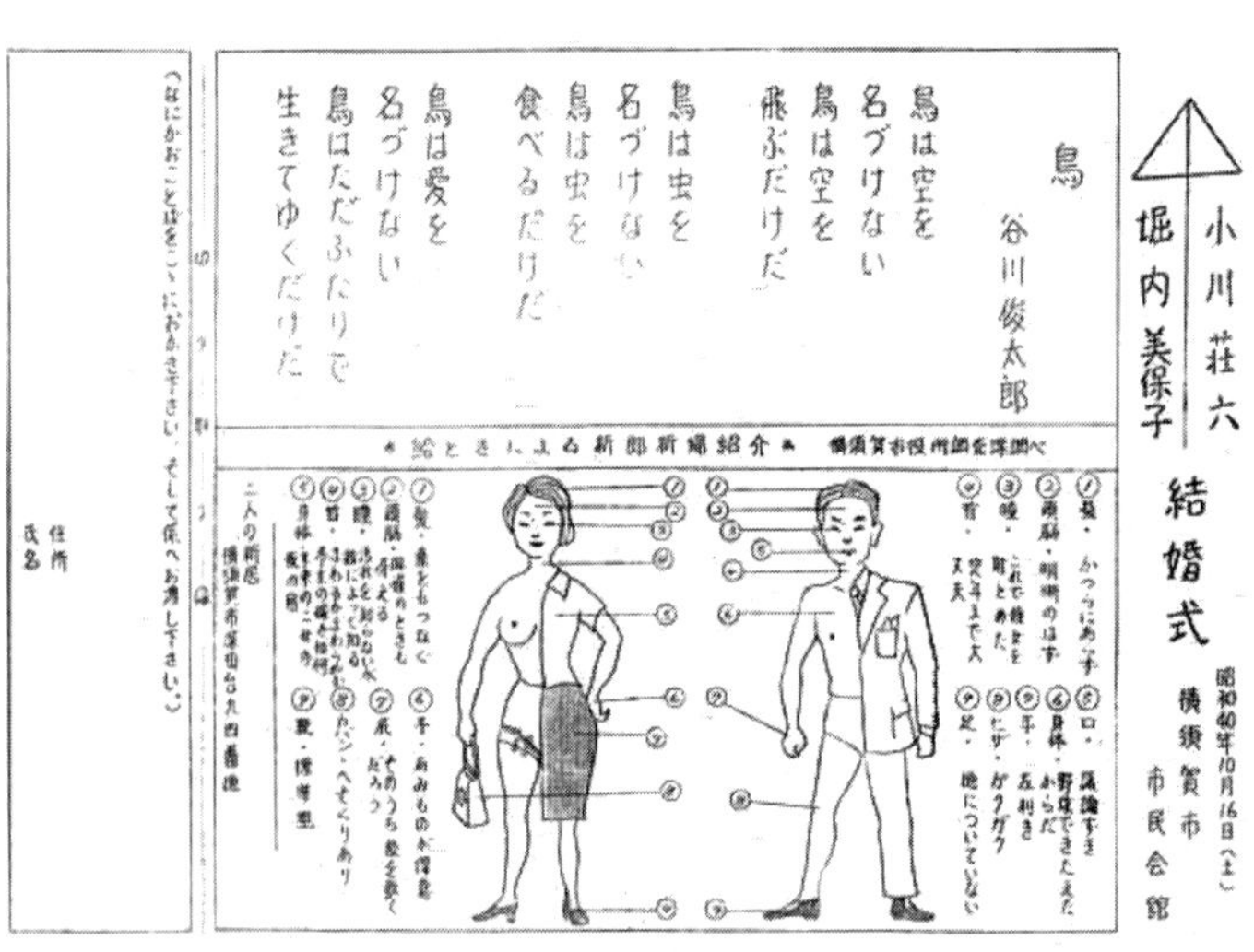

小川荘六
堀内美保子
結婚式
昭和40年10月16日（土）
横須賀市
市民会館

鳥
谷川俊太郎

鳥は空を
名づけない
鳥は空を
飛ぶだけだ
鳥は虫を
名づけない
鳥は虫を
食べるだけだ
鳥は愛を
名づけない
鳥はただふたりで
生きてゆくだけだ

新郎新婦紹介

①髪・かつらにあらず
②頭脳・明晰のはず
③瞳・これで相手を射とめた
④首・定年まで大丈夫
⑤口・議論ずき
⑥身体・野球できたえたからだ
⑦手・左利き
⑧ひざ・ガクガク
⑨足・地についていない

（なにかことばをここにおかきください。そして係へお渡しください。）

住所
氏名

式の最中も、神主の祝詞に笑いをこらえ切れないのか、私の後ろからクスクスと笑う井上の声が聞こえていた。

披露宴では、井上らしい手のこんだ新郎新婦の案内メモ（右頁）が参加者に配られた。

井上に三人目の娘が生まれたのにひと月遅れて、我が家にも第一子の長女が誕生した。その長女が一歳になった年の暮れ、娘の写真を使った年賀はがき（目次扉）を作って出した。

年が明けて数日後、井上からは返信のような賀状（目次扉）が届いた。

そう言えば、二人目の奈奈が生まれた時にも、こんな賀状（次頁）を返してきたっけ。

あけましておめでとう。年賀状ありがとうございました。但し、とうとう奈奈と名をつけましたな？奈々の方が格好はいいし、字かくもいいぞ。それに「奈奈」だとかならず将来「奈々」と手数を惜しむやつが出てくる。それをみこして「奈々」と作っておくのだ。もっとも、奈々（ホラ、もうこれだ）は大兄の奈々（まただ）だ。（余計な口はもうはさまぬ。失言。陳謝。）奥さまによろしく。

井上の転居先を転々と訪ねて

昭和三十六（一九六一）年に結婚した井上は、新宿区牛込弁天町に住んだ。翌年四月には江戸川区小岩に転居するが、井上夫妻はわずか半年でここから転居している。なぜ半年で出ていったのかは知らないし、聞かされてもいない。ただ、私も遊びに行った時は珍しく長居しなかったし、それ以後一回も行かなかった。私が一回しか遊びに行かなかった理由は、この家のトイレにある。

水洗式でない和式便器で、丸い穴が前方にあった。「小」は問題ないとして、「大」の後は、便器の幅に合わせた取っ手つきの板で、へらのように「大」を前方の穴まで押し出し、その後、バケツの水で流す仕組みになっていたのだ。こんな奇妙なトイレは見たこともない。井上が便秘症になったと嘆いていたのはちょうどその頃だ。

昭和三十七（一九六二）年十月、井上夫妻は神奈川県の辻堂東海岸に転居した。辻堂駅からそう遠くない、歩いていける場所だった。家は平屋の一軒家で、長い庇の掛かった縁側の下は砂地だったので、住所の通り、海岸に近かったのだろう。

ここには三、四回遊びに行った。そのうちのいつだったか、「ＮＨＫに書いている人形劇に、宇野先生がとてもいい曲を書いてくれたんだ」と、すごくご機嫌でその曲を聴かせてくれたことがあった。

私の古い手帳に「一九六四年一月二日、婚約者と横浜カトレア。井上遅れてくる。辻堂へ」とある。井上家で開かれる新年会に招かれたのだ。

辻堂の家に着くと、担当の編集者や井上の知人が十数人、車座になって座り、なにやら大騒ぎでゲームをしていた。

誘われて私と婚約者もその輪の中に座らされた。

井上が大好きだというそのゲームは当時かなり流行っていて、我が家でも兄弟姉妹でやったことがある。やり方はこうだ。

一人一人が小さな紙片を六枚持ち、「誰が」「何時（いつ）」「何処（どこ）で」「何を」「どうして」「どうなった」を一項目ごとにそれぞれ六枚の紙片に書き込む。

初めに「誰が」の書かれた紙片を裏にして隣の人へと次々にまわしていき、ストップが掛かったときに持っていた紙片を手元に置く。これを繰り返し、それぞれに六枚の紙片が揃ったところで一文として読み上げる。

可笑しな取り合わせのハチャメチャな文には大爆笑し、偶然に上手く繋がった文章になると拍手喝采。こんな遊びが何時間も続いた。

それから三ヶ月後の昭和三十九（一九六四）年四月に人形劇『ひょっこりひょうたん島』の放送が始まった。翌年一月八日の私の手帳には、

〈「ひょっこりひょうたん島」が視聴率二五パーセントになっていると井上に電話〉

と書かれている。

井上一家は昭和三十九（一九六四）年五月に辻堂から港区赤坂氷川神社下に移転している。

翌年五月には、四ツ谷駅前新道横町の畳屋の倉庫の二階に転居する。

六月二十三日付の「転居はがき」が残っている。

隣りの空地に家がたちました。光をさえぎられて我が家はまるで〝モグラ〟のすまいとなりました。十㎝四方にさしこんでくる太陽の光を二才になる長女が一生懸命つかもうとしている姿を見て再度転居を決意しました。

転居先　新宿区四谷〇丁目〇〇番地

四谷駅から一分の所です、ぜひお遊びにお越し下さい。

この新居にも遊びに行ったのは言うまでもない。

昭和四十二（一九六七）年十月に千葉県市川市国分町に転居。その後昭和五十（一九七五）年四月、同じ市川市の北国分にやっと家を構える。

市川の新しい家にはよく遊びに行った。家にはいつも知らない人間が二、三人いる。原稿を取りに来ている編集者たちのようだ。

「昨日も泊まってたあの学生、誰？」

「慶應の学生アルバイト。出版社の回し者だよ。原稿が上がると東京の出版社に運んで、またここに戻って来て原稿待ちしてるんだ」

このように、家族を含めた十人以上の人間が常時ウロウロしている。好子さんは大変だ。三人の娘の面倒は見なければならないし、井上と打合せに来ている者、原稿待ちで来ている編集者たちの接待もしなければならない。

こんな状況でも、好子さんは私が行くと笑顔で迎えてくれ、長い時間私に付き合ってくれた。

『ひょっこりひょうたん島』が四〇パーセント近い視聴率を取る国民的な人気番組になった頃、

「そろそろ、NＨＫの上層部も気づくから、もうじき『ひょうたん島』も終わりだよ」

と井上がポツリと言っていた。

「気づくって何に？」

「子供向けの人形劇なのに、その内容が左翼思想で、拝金主義を揶揄したものになっていることに、上がやっと気づき始めたみたいだよ」

五年間続いた『ひょっこりひょうたん島』の終了の理由については、永六輔さんがこう語っている。「国民全員が郵便局員っていう国が出てくるんだけど、そこの郵便局長が悪いことをするんですよ。当時、郵政省が放送も管理していた。郵政省や政治家にしてみると、『郵便局の局長が悪いことをする、というのは許せない』と。で、潰された」（さだまさし著『笑って、泣いて、考えて。永六輔の尽きない話』小学館、二〇一六年）

昭和四十五（一九七〇）年、井上は運転免許証を取るために自動車教習所に入った。当時の指導教官は厳しいというより意地悪だったりする。現在の自動車教習所のサービス、教官の優しい指導とは雲泥の差だ。

井上は学科試験ならすぐ取れるのだが、実地試験で何度も落とされる。既に免許を持っていた私が忠告した。

「バカ教官に理屈や反論は絶対ダメだよ。質問もしないほうがいい。ひたすら我慢だよ」

しかし井上にはこれができない。教官と喧嘩して結局は落とされる。にもかかわらず、井上は中古のワーゲンを買った。無免許運転だ。

「荘六さん、乗りなよ」

「イヤだよ、俺、まだ命が惜しい」

「大丈夫だって！」

押し問答に負けて、家の近所の裏道を助手席に乗せられて走ったが、スピードは出すし、よそ見はするしで本当に怖かった。自動車教習所の教官が井上の実地試験を落としたのは正解だったと身をもって納得した。

井上がたった一回だけ私を周囲に自慢の友達として披露したことがある。

昭和五十（一九七五）年、私が横須賀市役所に在籍していた頃、井上から、

「面白い集まりがあるから市川へ遊びに来ないか」

と電話があった。さらに、

「物々交換のゲームをやるので、何でもいい、ちょっとした小物を持ってきて欲しい」

との条件が付いていた。

井上の説明によれば、当日は十二、三人の出版関係者や編集者が、各自なにか一品持ちより、それをぐるぐる回して、ストップの声が掛かった時に、自分の前で止まっ

た包みを開けて皆に披露して、こんな物を貰ったと面白がるという趣向らしい。

「そんなの嫌だよ、俺、業界関係者じゃないし、ただの地方公務員だから」

「いいから、とにかく来なよ」

この集まりに、当時、朝日新聞の記者だった扇田昭彦さんがいた。これより半年前にも、この家で扇田さんと井上が夜通し喋っているのに付き合わされたことがあった。朝になって扇田さんが、

「井上さん、すいません。運転手さんに何か食べさせてやってくれませんか」

と言った時は、運転手まで徹夜で待っているのかと驚いた。

物々交換のゲームに話を戻そう。まず、全員が大きな輪を作るように車座に座る。各自が持ち寄ったものをぐるぐる回して、井上がストップをかける。

ここに集まった出版関係者が持ってきたのは、作家の使った文房具、原稿、色紙や手紙といったものが多かった。

私が持ってきた封筒を手にした人が、中身を皆に披露すると、一瞬にして場が沸いた。

私が持っていったものは、「出生届、婚姻届、母子健康手帳、離婚届、死亡届、火葬・

埋葬許可書」など、つまり、生まれてから死ぬまでの人間の一生で書かねばならない書類の一式だ。

これが大ウケだったことに気を良くした井上が、

「この荘六さんはね、そこらの公務員とは違うんだよ」

と言って、得意げで満足そうな顔をした。井上があんな顔をしたのは、後にも先にも、その一回だけだった。

その集まりのあった一、二年後、

「あれね、『十二人の手紙』の参考になったよ」

と井上が言った。一体どんな参考になったのか、井上から送られてきていた『十二人の手紙』を改めて読み返してみた。「赤い手」という作品だった。なるほど、こんな使われ方をされたとは！

井上に評価されたこと、作品の参考になったことは嬉しかったが、五十年の付き合いで、これ一回だけの貢献では少し情けない思いがする。

昭和五十一（一九七六）年の私の手帳に、

〈三月一日（月）
四時十五分　井上送りに羽田　五時着
八時までロビー
小沢昭一さん、熊倉一雄さん、小田島（雄志）先生、新潮社の栗原さん〉
と書かれている。

井上はオーストラリア国立大学アジア学部日本語科に客員教授として招かれ、家族五人で渡豪した。羽田空港には、井上の人脈の多さを示す大勢の人が見送りに来ていた。

家族同伴でよほど居心地が良ければ、三年くらいは帰ってこないかも知れない。そんな話をしながら、手を振って見送った。ところが、その年の七月には帰国している。あの仰々しい壮行会は何だったんだ。

九ヵ月の滞在予定を五ヵ月で切り上げて、真冬のキャンベラから真夏の東京へ帰って来たのは、米の飯や新宿の雑踏や麻雀牌のちゃらつく音や夏の高校野球などが恋しくなったせいではなく、じつは英語の日用会話が上手になりすぎたためである、と書くと、読者諸賢はきっと「キザな言い草だなあ」とおっしゃるだろうけれども、しかしこれは事実なのである。

（中略）

（略）日本の物書きにとって日本語が命の綱、飯の種。

（エッセイ集3『ジャックの正体』所載「オーストラリア通信」）

早く帰ってきたことに余程負い目を感じていたのか、早期帰国を正当化するためにオーストラリア日本大使館員にまで悪態をついている。

そんなわけでわたしは、三ヵ月以上その国に滞在する日本人は滞在地の大使館や領事館に届け出なくてはならないとかいう「在留届」をとうとう提出しないでしまった。たとえキャンベラで野垂れ死にしようともそういう連中の世話にはなるものかとおもったからである。

（同前）

それでもちゃんと元は取ってきたようで、昭和五十二（一九七七）年七月に出版された小説『黄色い鼠』はオーストラリアが舞台になっている。しかし好子さんは、

「こんなつまらない本を書いていたらダメよ！」

と井上と私を前にして、延々と酷評した。門前の小僧習わぬ経を読むとはこういうことかと思った私は、

「ほう、好子さんもたいした評論家になったもんだ」

と言ってみたが、彼女の舌鋒はやむことなく、井上は反論することもせず、一言も口を開かない。この険悪な空気に一抹の不安を感じた。

井上家には少しずつ変化の兆しが現れていた。それは好子さんの年賀状からも見てとることができた。

昭和五十三（一九七八）年の年賀はがきには、「スッキリしない気分の年だった」と書かれている。昭和五十四（一九七九）年は、釜石にいる姑が同居するかもしれないことへの不安が窺える内容だった。

井上のご母堂、烈女マスさんの参入で、井上家に激しい内戦が始まることは必至だろう。井上もこの内戦に巻き込まれ、原稿の中断を余儀なくされることなどが予想さ

れた。

この内戦は三、四ヶ月で終わるはずだ。私の勝手な想像だが、激しい戦いに母親が疲れ、あきれ果てて撤退するだろうと思っていたのだ。

しかし、昭和六十一（一九八六）年六月、井上は好子さんと離婚した。

締め切りに追われ、筆が動かない仕事のストレスにも、

「ほら、円形脱毛症になっちゃったよ」

と笑っていた井上が、離婚騒動には、

「疲れたよ」

とポツリとひと言。真顔で弱音を吐いた井上の表情を見たのは五十四年の付き合いでこの一回だけだ。本当に、心底疲れたのだろうと思った。

再び縮まった距離と関係

昭和六十二（一九八七）年四月、井上は米原ユリさんと結婚する。ユリさんは北海道大学卒業後、教職を経た後、辻調理師専門学校を出て、イタリアで修業を積んだ料理研究家である。

父親は元国会議員、姉の米原万里さんは、ロシア語同時通訳者・エッセイストという、私などから見れば超エリート一族である。

平成一（一九八九）年六月、井上が鎌倉に転居してきた。鎌倉を選んだ理由は、関東地域でもっとも雷が少ないところだからだそうだ。そういえば、井上が中央出版社にいた時、目の前の電柱に雷が落ちて衝撃的恐怖を受けたと言っていた。あれがトラウマになったのか。

横須賀の我が家と近くなったこともあって、会う機会が俄然増えた。

「行ってもいいか？」

と電話を掛ける。井上に断られたことは一度もない。

井上が書斎から出て来るのを待っている間、出窓に積まれた本の中から分厚いものを選んでパラパラとめくった。赤のマーカーペンで何ヶ所か塗られている。四百ページを超える最後のほうのページにもマーカーペンが引かれている。全部読んでいるんだなあと感心した。

二階から降りてきた井上は、古本屋で買った中でも変わりダネというものを見せてくれた。半紙に十人ほどの名前が縦書きで書かれていて、一人ひとりの名前に赤色の拇印が押されている。

「ヤクザの血判状。こんなものを売りに出すなんて、ヤクザも金に困れば、任侠だ、義理人情だと言っていられないらしいね」

「いくらだった？」

「九千円だったかな」

取り敢えず面白そうだと思ったものは、値段に関係なく何でも集めるのだろう。注文した本が段ボール箱で井上家に配達されるのを何回も見た。

「本を速く読むコツってあるの?」

「あるよ。速く読もうとすればいいんだ」

「真面目に答えてる?」

「やってみれば分かるよ」

こんな調子で、長い時は三時間も話をしていたことがある。覚えているのは、いつも灰皿が溢れそうになっていること。

余程、締め切りに追われている時だったのだろう。ユリさんから、

「ひさしさん、そろそろ二階に上がったら」

と声を掛けられた。井上は「荘六さん、俺、そろそろ仕事するわ」などと絶対に言わないことは分かっていたのに、一緒にいると、ついつい際限なくお喋りを続けてしまう。ユリさんにはわるいことをしてしまった。箒に手拭をかけて立てかけられても(若い人はご存じないかも知れないが、迷惑な客に早く帰ってもらいたい時の古いまじないである)仕方ないことをして、申し訳なかったと反省している。

「本は速く読もうとすれば速く読める」というのは、井上のいつもの面白話だろうと思ったが、試してみると意外や意外、確かに速く読めるじゃないか!

井上には他にもプロならではの特技があって、広辞苑を引くとき、調子がいいと見たいところを一発で開けられるそうだ。普段でも二、三ページ、調子が悪くても五、六ページの誤差で引けると聞いたことがある。

行きつけの木屋、鎌倉駅西口の「たらば書房」に立ち寄った時には、辞書にも良い辞書と悪い辞書があるという話を教えてもらった。

「辞書っていうのは引くものでなく、読むものなんだ。良い辞書っていうのはこういう辞書だよ」

と、岩波国語辞典を手に取って、

「普段、我々は分からないことを調べるために辞書を引くだろ？　でも例えば、子供でも知っている〈右〉という言葉を引いてみると、『正面を南に向けた時の西側にあたる側』とか訳の分からないことが書いてある。ところがこの岩波の国語辞典には、『この辞典を開いて読む時、偶数ページのある側を言う』って書いてあるんだ。いま開いているこの辞書で説明してるんだよ。すごいだろ？」

なるほど、ではそのよい辞書を一冊買っていくか、と思っていると、

「すいません、これお願いします。荘六さん、持っていきなよ」

と、井上は国語辞典をおごってくれた。


井上からも時々、呼び出しの電話が掛かってくる。

「ちょっとコーヒー飲みに来ない？」

横須賀から鎌倉までは電車で二十分ほどなので、余程のことがない限り「じゃ行くか」となる。

井上が横須賀に来ることはほとんどなかったが、ユリさんの話では、車でちょっと出かけた時には（もちろんハンドルを握っているのはユリさんだ）、

「ついでにちょっと横須賀まで行こうよ」

と度々口にしていたらしい。


ある年の十二月三十一日、いつものように「ちょっとコーヒー」の電話が来た。

「大晦日だよ？」

「どうせ何もしないで暇してるだろう？」

鎌倉の小町通りの馴染みの喫茶店「門」に行く。店内の壁には井上芝居のポスターが何枚も貼られていた。井上は、通りに面したガラスの壁から三、四席奥の壁側に座った。

「これから東京に行こうよ。荘六さんの分も切符はもう買ってあるから」

「今から東京？　何しに行くの？」

学生時代からまるで進歩のない会話だ。

「東京におせち料理を頼んであって取りに行かなきゃならないんだよ。神田の金ペン堂に寄って、万年筆を進呈するからさ」

そしておせち料理を受け取ってから金ペン堂へ行ってみると、閉まったシャッターに貼り紙が――

「一月五日まで休みます」

井上は評伝劇を書く時には、必ず主人公の年譜を作っていた。事実とあらゆる関係性を徹底的に調べて、歴史的にもまだよく分かっていないその隙間に物語を創作する。

ある時、「その年譜のコピーを貰えないか」と井上に頼んだことがあった。

四十六歳から企業コンサルタントや地方自治体職員の研修を生業(なりわい)としていた私は、新任管理者研修などで、「プロの仕事とは段取り八分」を常々説明していたのだが、どうも今ひとつ説得力に欠けていた。このすさまじく詳細な年譜をひと目見せれば、準備がいかに大切かを一瞬で納得させられると思い立ってのことだった。

井上は快く三枚もの年譜を自らコピーしてくれた。その時、

「荘六さん！　コピーして、改めて大発見した！　島崎藤村、菊池寛、太宰治。三人とも生まれた時は何もしていないんだ！」

とコピーを差し出しながら言った。

「なるほど！」と私が応える。何をくだらないことをと思われるだろうが、そこは長年の付き合いと呼吸なのだ。

いざ、この年譜を研修でホワイトボードに貼り出すと、受講生は一流のプロの仕事に興味津々、長い時間釘付けになって席に戻ろうとしなかった。やはり本物には説得力がある。

井上が鎌倉に来て四年目の五月十六日、大学時代の仲間七人が井上家に招待された。長男の佐介君がまだ小さかったこともあり、手伝いに私の長女の未玲と次女の奈奈も連れていった。大学の二年で就職した信芳と地元に帰った渕上、留年した大島と田村（パンタ）、四年で卒業した真島と山之内が久しぶりに集まった。

久しぶりに学生時代に戻って、井上を入れると八人を一人ずつ俎上に上げての話題は学生時代だけでなく、戦争中までさかのぼっていく。

「ご飯をかさ増しするための大根飯、米粒より大根のほうが多いおじや。黒い色のすいとん、油を搾りきったぺったんこの押し大豆、スケソウダラ、当時は一番安く手に入りやすかったクジラのベーコン。母親の着物を農家で米、芋、野菜と交換しても飢餓状態の毎日」と話す都会組に、田舎組の井上が誇らしげに話す。

「戦時中は都会への列車はほとんどなかったからね。こっちは毎日、米沢牛を食い放題で飽きていた。ハハハ」

サラリーマンの嘆き、ぼやきもすべて笑い話になった。学生時代の話になると、やはり、リーチ先生が主役であった。

次から次と出されるユリさんの料理は我々が口にしたことがないようなものばかり

平成４（1992）年、鎌倉の井上邸にて。
後列左から山之内、一人おいてユリ夫人、井上、信芳、筆者、長女の未玲
前列左から大島、渕上、田村、真島、次女の奈奈

で、その美味しさに、止まらないお喋りがやんで、みんな顔を見合わせた。

　ところが後日、井上からひと言。

「ウチの奥さんから、『あなたの友達は二度と我が家には呼ばないでください』と言われちゃった」

　ユリさんを怒らせた理由は、我々の誰一人として、皿の一枚も運ぼうとしなかったことらしかった。

　戦前生まれの私たち世代は、台所は女の聖域だから男が入るところではないと教わって育てられてきた。時代の変化を学習していないことに愕然としたと同時に、色々な意味で戦後を感じた。

　幸い、その後も私は出入りを許され、ユリさんとも友好的な関係が続いている。

　あの日から二十六年たって、鎌倉出入禁止の真相をユリさんに尋ねてみると、後日、次のような解答がメールで届いた。

《家に上智の皆さんが来た時のこと。あのとき佐介は生後半年でした。子守を頼める人もいないし、ひさしさんに、お客さん、今は無理だ、と言ったら『そんな負担はかけない。みんなも分かっている』と言うから、『わかった。しょうがないから、料理は作るけど、後はできないし、しない』。ひさしさんは『大丈夫。みんなに手を貸してもらう』

でも当日みなさんは座ったままで何もしない。それで、わたしは怒ったわけ。》

ユリさんには本当に申し訳ないことをしました。まだ生き残っている三人には、私からしっかり真実を報告します。

それにしても、井上よ。

芝居のト書きや台詞はあんなに細かく書き込むんだから、ちょっとは手伝えとか、事前にちゃんと設定を説明しといてくれよ、頼むよ。

平成八（一九九六）年四月、私の長女が井上の秘書として鎌倉に勤め始めた。

末玲は昭和六十三（一九八八）年に女子美術短期大学を卒業後、会社勤めをしていたが、仕事を辞めて物書きになりたいと言い出した。まったく誰に似たのか困ったものだ。そのうちアルバイトをしながらコツコツなにやら書いていたらしく、平成五（一九九三）年、テアトル・エコーに応募した創作戯曲『深く眠ろう、死の手前ぐらいまで』が佳作入選した。芝居を観る趣味などまるでなかったはずだが、「台詞を書くのは得意なんだ』とかなんとか言って、一年後には東京ヴォードヴィルショーの奨励賞に入選した。

東京ヴォードヴィルショー主宰の佐藤B作さんが、この応募作をたまたま井上に見せていたそうで、未玲を連れて鎌倉の家に行った時、

「芝居を書いてるんだって？」

と言って、なにやら嬉しそうに迎えてくれた。

それから間もなく、井上から、自宅で本の整理や連絡係をしてくれる人を探しているが、それを未玲に頼めないかと相談された。

私は井上に、二つの条件を付けた。一つは「仕事ができない、相性が悪いと思ったら、即刻、躊躇せず辞めさせること」、もう一つは、勿論、「本人がＯＫすること」。

本人は手放しに喜んで承諾し、幸い井上にも気に入られたまではよかったのだが、事あるごとに井上は笑いながら、

「トンビが鷹を産むとはこのことだよ。きっとお母さんの血筋がいいんだね。荘六さん、少しは娘を見習ったら？」

と人前でも平気で言う。いい迷惑だ。外面（そとづら）がいいのは井上の言う通り、母親のＤＮ

Aなのだ。

井上の秘書になった後、娘の書く芝居を気に入ってくれたテアトル・エコーの熊倉一雄さんが、ご自身の演出・出演で何本もの作品を上演してくれた。娘がテアトル・エコーに応募したのはたまたまだったそうだが、井上が演劇界に本格的にデビューしたのもこの劇団で、演出はやはり熊倉さんだった。ここにも不思議な縁を感じる。

娘が秘書をしながら書いた戯曲に、どれだけ忙しい時でも井上は全部目を通してくれたそうだが、作文教室のように赤鉛筆で添削したりすることは決してしなかったらしい。

「これはあくまで僕の所感ですが」と必ず前置きしたというから、娘の個性をつぶさないよう、押し付けにならないようにと最大限に気を遣ってくれたのだろう。

超多忙な時間を割いて、懇切丁寧な助言をしてくれることは願ってもない有り難いことだが、緊張するやらもったいないやら、井上の仕事がその分遅れる罪悪感やらで、娘はその都度、脂汗をかいていたようだ。

井上は、自分の書いた芝居が大好きで、他の人の芝居はほとんど観ない。けれど例外的に、義理を通してくれたのだろうが、秘書でもあった娘の芝居だけはいつも観に行ってくれた。

平成十（一九九八）年八月、井上の古巣でもある恵比寿のテアトル・エコーで未玲の『お勝手の姫』という芝居が上演された。芝居が始まる二時間ほど前に、井上と二人で劇場近くの喫茶店に入る。そこで井上が芝居のアイデアについて語り出した。

「面白い芝居を考えたんだよ。喫茶店で知らない者同士の男女が背中合わせに座っている。で、その男が実は産婦人科の医者なんだ」

「それで？」

「そこから話が進まなかった。産科婦人科学大系って本を一通り読んで、産婦人科のことにはすごく詳しくなったのになあ」

「そこまでしたならプロットくらいは書いたんだろ？」

「だから話が進まなかったんだって」

「は？　その段階で産婦人科の医学書を読む必要あるわけ？」

「読んでるうちに面白いアイデアが浮かぶかもしれないじゃないか。まあ、おかげでいろいろ勉強したから、赤ん坊を取り上げるくらいならできるようになったと思うよ」

私にはまったく分からない思考の世界である。

この日の公演は、井上の行くところには常に現れる原稿取りや、長い付き合いの編集者たちまで十五、六人が揃っての観劇となった。

芝居が終わって、この団体で劇場の隣のレストランに入った。そこから井上の戯曲分析が始まった。

「未玲さんの書いたこの芝居には、タイプが違う三人の哲学者が登場している」

熊倉一雄さんが出演も兼ねて演出したテアトル・エコーらしいコメディだと思っていた私が、

「作者は、そんなところまで深く考えて書いてないと思うよ」

と口をはさんだ。すると井上は、

「そんなことは関係ない。芝居が単に面白かったと観てくれる人と、芝居の持つ思想を解釈して観る人がいる。そういう幅広く受け取られる芝居がいい芝居なんだ」

と反論し、そのまま劇評と演劇論は九十分続いた。そしてレストランでの食事代はいつもの通り全額を井上が支払った。

平成十五（二〇〇三）年の二月にも、上智の仲間たちと恵比寿のテアトル・エコーへ未玲の芝居を観に行った。集まったのは、井上、信芳、山之内、渕上、真島、田村、大島、そして私の総勢八人。

もはや観劇をダシにした同窓会である。終演後、駅ビルのレストランになだれ込み、お互いの近況を語り合った。まとめてみれば、こんなところだ。

真島は、ここ数年音沙汰なしだったが、佐賀県で古墳の発掘調査のボランティアをしているらしい。

渕上は、和歌山から夜行バスでやって来た。朝の六時に池袋に着いてしまい、恵比寿の集合場所を下見してからパチンコを一打ちしてきたそうだ。あの超几帳面で融通のきかなかった男が今では地元の印刷業者を懐柔し、談合をまとめ、新宮一帯の印刷受注を仕切っているらしい。

山之内は、スイミングスクールに通い、太極拳をやり、オペラやこまつ座の観劇と、充実した悠々自適の毎日を送っている。

パンタ（田村）は、転職するたびに仕事が楽になり、給料が上がっている。薬剤関係の経理事務の現役で、二時間で終わる仕事に六時間かけるという「時間使い」

の天才。

信芳は、長くメキシコを行ったり来たりしていたが、今では保育園に通う三人の孫にかかりきり。湘南ボーイの過去とメキシコへの見果てぬ夢を抱きつつ、宝くじは必ず三枚買っているとか。

大島は、茨城に建てた家の周りには、ガードレールも街灯もなく、夜空は満天の星という最高の環境。そこに息子と二人暮らし。

またみんなで井上や娘の芝居を観に行こう、その日まで取り敢えず元気で！　と言って解散した。

懐かしい顔ぶれが揃うこんな機会を得ることができた。芝居には、こんな効用もあるのだ。井上が演劇を愛する理由は、こんなところにもあるのかも知れない。

そう言えば、昔、井上の芝居をよく観に行っていた頃も、舞台とは別のところで、いろいろと面白い経験をした。

井上芝居の音楽を担当する宇野誠一郎先生（井上が「先生」と呼ぶ数少ないお一人）の奥様と並んで初日を観た時、

観劇後、恵比寿のレストランで（平成15=2003年２月）。
上段左から山之内、田村、井上、真島、信芳、筆者、大島、渕上

「あの岩の裏側に台詞がびっしり書かれた紙が貼られているんですって。役者さんも大変ね」

と耳打ちしてくれた。

小沢昭一さんと一緒に観劇した時、

「井上は台本が遅いし、長い台詞が多いから役者さんは大変ですね」

と私が話しかけると、小沢さんは、

「役者なら台詞を覚えるのはそんなに難しいことではないですよ。それに、井上さんの芝居は論理的に書かれているから、たとえ長い台詞でも覚えやすいです」

と言っていた。でもこれ、小沢昭一さんだから言えることではないだろうか。

井上と、井上のお母さんであるマスさんの三人で芝居を観に行った時は傑作だった。通路側に座ったマスさんは、横を通るお客さんを大きな声で呼び止めては、

「ねえ、ほら、この人。作者の井上ひさし」

と隣に座っている息子をいちいち自慢気に紹介する。井上がひどく嫌がってどんなにやめさせようとしても、ステージママの宣伝活動は開演ベルが鳴るまで続いた。

どれもなんの芝居だったかはまるで覚えていないが、これらの思い出は忘れられ

ない。

自ら「遅筆堂」を名乗るほど筆の遅い井上だが、それには本人なりの理由があるらしい。

「『しみじみ日本・乃木大将』の「しみじみ」が出てくるのに一週間かかったよ」と聞いたことがある。

新国立劇場（日本で初めての現代劇の国立劇場。平成九＝一九九七年十月オープン）こけら落としの新作という大仕事を依頼された時もやっぱり遅れた。

初日の半年前、鎌倉の自宅近くの紅茶専門店「ブンブン」で、新国立劇場・演劇制作部の古川恒一さんとの打ち合わせでは（なぜかこの時も同席していた）、

「今度遅れたら、もう日本にはいられない」

と言っていたくせに。

ギリギリで初日が開くことになったとはいえ、本人はケロッとして、

「荘六さん、すごいだろう？　この芝居。『紙屋町さくらホテル』って、漢字とひらがなとカタカナが全部入ってんだよ」

などとわけが分からないことをのんきに楽しそうに話すので、

「関係者に迷惑をかけて、あれだけハラハラさせるってどうなの？　作者としての社会的責任てものを感じないわけ？」

と軽口をたたくと、井上は真顔になって、

「オレはそんなに傲慢じゃない」

と言った。

「締め切りに間に合わせるために、妥協して書くほうがよほど無責任だよ。芝居は観た人の記憶にしか残らないけど、戯曲は残る。最後は歴史の中でも評価に堪えるいい芝居を書くことが作者としての責任だ」

井上は『黙阿彌オペラ』（これは上演予定と劇場を変更しなければならないほど遅れたらしいが）の登場人物にも、こんなセリフを言わせている。

新七　急げばきっと薄いところが出来てくる。そしてかならずやその薄いところから破れがくる。芝居の筋書きだってそうですからな。急いで、いい加減に始めると、きっとあとで痛みがくるんです。

この台詞を聴いた時にも思ったんだった。「これ、井上の全部だ！」

『紙屋町さくらホテル』の素晴らしさは私などが云々するまでもない。

初日の帰り道、井上は再び真面目な顔でこう言った。

「小説は本ができてしまえば、その本が誰にどう読まれようが、家で布団をかぶっていればいい。読者はつまらなければ途中で読むのをやめてもいいし、立ち読みだけして買わずにすますこともできるから。芝居は、そうはいかないんだ。お客さんは中身も知らずに本の何倍もするチケットを買って、自分の人生の時間を使って、劇場まで足を運んで来てくれるんだからね」

この公演では、開演のブザーと共に緑色に光る「非常口」の照明まで消され、場内が完全に真っ暗になった。

薄暗い舞台に木の丸椅子に腰を下ろした国民服を着た初老の男がいる。

「……こんな煙草一つ取ってみても、結局のところ、日本はアメリカの敵ではなかったのですな」

（『紙屋町さくらホテル』）

わずか数分で我々観客は、敗戦直後の時代の中に引き込まれた。

「観客は日常生活から非日常の世界に、自分が騙されることを楽しむために劇場に来るんだ。この時に、『禁煙』とか『非常口』なんて文字が目に入ったら、現実の世界に戻される。それは劇場じゃないし、芝居にならない。必死に説得して消してもらったんだよ」

普段はふざけた話しかしない二人だが、この時の井上の語り口は真面目で熱を帯びていた。

優しい井上　厳しい井上

平成十一（一九九九）年三月二十八日、井上の仙台文学館初代館長就任イベントが行なわれた。

いつもの「おいでよ」に誘われて、イベントの前日から私も仙台へ行った。現地で合流した編集者や関係者と一緒に井上と夕食を摂り、その後、みんなで仙台の街中を散策した。

三月末の仙台の夜はかなり寒かった。当時、私は椎間板ヘルニアで歩くのもかなり苦痛だったが、井上たちには気づかれないように我慢しながらついていった。するとと井上が突然、洋品店に飛び込んだ。やがて、包んでももらわず買ってきたセーターを、

「荘六さん、寒いからこれ着たほうがいいよ」

と言って私に手渡した。

厚手で辛子色のあたたかいこのセーターは、今でも大切に持っている。

十一時頃にホテルへ戻って、エレベーターで宿泊する階に上がり、それぞれの部屋に入ろうとしたのだが、エレベーター前のちょっとしたスペースに、二つの椅子と小さなテーブル、カットグラスの大きな灰皿が置いてある。

「じゃ一本だけ吸ってから寝ようか」

いつもの井上の台詞だ。

「明日、初代館長として漱石の話をするんだろ?」

「一本だけ一本だけ」

そして、これまたいつものように、灰皿は二十本以上の吸い殻で一杯になった。

「そろそろ寝ようか」

と二人が腰を上げた頃には、時計は二時半を回っていた。

私が井上から貰ったのは、セーターだけではない。

万年筆や国語辞典など、仕事柄こだわりのあるものをよくプレゼントしてくれたが、井上が身に着けていたものも、なにかと譲り受けている。

井上はああ見えてたいへんお洒落だった。Yシャツは帝国ホテルに入っている「谷シャツ」のオーダーメイドだし、アルマーニのジーパンを穿いていたこともある。鞄や靴へのこだわりも半端ではない。伝統ある超一流のブランド品をいつもさりげなく持っていた。

いくつも貰った鞄の中に、イタリア製の大きな重い鞄がある。イタリアで、三百五十万リラとついていた正札を、三十五万リラと読み間違え買ってしまったらしい。この鞄を横須賀に持って行ってくれと言われて持ち帰ったが、お土産としてくれたのか、家族の手前、預けられたものなのか、今もって真意は分からず仕舞い。

井上の家の広い玄関に靴が五、六足並んでいた時も、

「気に入ったのがあれば持って行っていいよ」

と言われた。井上と私は身長も同じだが、靴のサイズも同じ二六センチなのだ。そういうことなら遠慮なく、と明るい茶色のローファーと黒の紐靴を頂戴した。いかにも高級な黒い方は、公式行事にも合いそうだと思いながら手に取っていると、

「あ、それ、持っていく？　うーん、まあ、いいか」

と井上。後日、イタリア製のこの靴は十六万円するものだったことが分かった。

他にも、革の背広、イタリア製の財布、ネクタイ、等々。

本も山のように貰っている。

昭和四十五（一九七〇）年に初めて出版された『ブンとフン』から、我が家には井上著作の初版本がほとんど揃っている。新しく本が出るたびに、井上が送ってくれるからだ。

井上の書庫で、小説や芝居を書くための資料と書籍がぎっしり並んでいる本棚を眺めていた時、

「もう書きあがったから、この棚にある本、読みたいものがあれば持って行っていいよ」

そう言われて、背表紙に「ベーブルース」と大きく書かれた本と、そのほか三、四冊を持ち帰った。今思えば、取り敢えず棚の本全部を貰っておけばよかった。

私が井上に進呈したもの……何もない。

さらに井上の金銭感覚には、どうにも理解しがたいところがある。

学生時代に出会ってから、私は井上と一緒の時に財布を開いた記憶がまったくない。

ごくごくまれにあったのは、店で支払いをしようとした時、四千三十円の代金に井上が五千円札を出すと、店員が「三十円ありませんか」と言うので、「俺あるよ、三十円」と、小銭を支払った。この程度だ。

「わるいな」と井上が言い、

「いいよ、いいよ」と私が答える。おごってもらうほうがえらそうな変な会話である。

金銭感覚がずれていたのは、

「領収書くれる？　宛名は『上様』でいいから」

と領収書までせしめていた私のほうか。

私に限らず、井上にご馳走になったという人はものすごく多いだろう。「井上にご馳走した」という人には逢ったことがないし、聞いたこともない。大きなお世話かも知れないが、もし井上があんなに太っ腹じゃなかったら、ものすごい財産を残したと思う。

井上の生まれ故郷、山形県川西町で毎年開催されている「生活者大学校」の打ち上げでは、毎回、関係者五十人ほどに最高の米沢牛のすき焼きを食べ放題、飲み放題で振る舞う。

新宿で芝居の初日の終演後には、出演者から裏方さん、編集者などの関係者、時々は知人の知人という知らない人まで引き連れて、新宿三丁目の高級焼肉「長春館」の三階を貸切り、ここでも食い放題、飲み放題の大盤振る舞い。少なくとも一回に四、五十万は支払っているはずだ。

作家でも「今銀座で飲んでるから」と編集者を呼び出して出版社持ちにさせる人がいると聞くが、逆にこれほど接待し続けている作家なんているのだろうか。

「新聞の取材を受けるんだけど一緒に行こう」と誘われて帝国ホテルのロビーに行ったある日、記者が来るのを待っている間に、

「何で井上がいつも全部払うの？」

と訊いてみた。あれだけ苦しかった学生時代も、いつでも全部自分が出す。ずっと出してもらっていた立場で今さらなんだが、どうしても一度訊いてみたかった。

「普通はさ、井上みたいに養護施設で苦労した人間は金に対してシビアになるんじゃないのかよ。接待なら接待で、相手はどうせ経費なんだから『ご馳走様』ってしとけ

ばいいし、ここは割り勘がいいなと思えばそうしたっていいだろう？」

なぜか熱くなっていた私に、井上は照れくさそうな顔をして、

「でもやっぱり、ここまでやれたのはさあ〜」

とまで口にして、後は曖昧にごまかしていた。

ここまでにしてもらったお礼ということなのか。でもおまえのその「おごり癖」は学生時代からなんだぞ？　ケチな人間には、まったく理解できません。

あ！　そう言えば思い出した！　この時、「割り勘がいいなと思えばそうしろ」なんて言ったせいか、のちに誘われたロシア旅行、みんなはツアー料金が井上持ちだったのに、私だけ自腹を切らされた！


それはさておき、では井上がまったく金に無頓着だったかというと、決してそんなことはない。

作家として名前が売れ出した頃は、税金を払いたくなくて逃げ回っていた感じだった。税金について関心がなかったわけではないだろうが、税制どころか、税金というものが全然分かっていなかったようだ。

「井上ね、税金は払うものだけど、戻ってくることもあるんだよ？　井上が書いたものの原稿料は、全部源泉徴収されている。だからちゃんと税務署に申告すれば、還付金として戻ってくることだってあるんだから」

井上は、国家権力については常に厳しく発言、糾弾をしていたが、こと自分の税金に関しては、納めるというより取られるものという感覚だったと思う。

税務署が何か言ってくるのではないかと少し恐れていたようだった。

昭和五十（一九七五）年頃、井上が住んでいた市川の北国分に遊びに行った。大きな座卓の上に地図やら、資料が散在している。この資料が本になるのは二、三年後だ。井上のような著述業は本が書き上がるまでは、極端に言えば収入はゼロである。年度によって収入金額が大きく変動するこういった業種に対しては、ちゃんと別の計算方法がある。

地方税は賦課課税方式で地方自治体が住民に税を課す。国税は申告課税方式で納税する必要がある。還付請求する必要があれば、自主的に申告する制度になっている。

正当な申告をすれば税金が還付されることがある。ただし、払い過ぎている人に税務署が「あなたは税金を払い過ぎていますよ」と個人に通知してくれるかと言えばそれはない。

「法の上に眠る者はこれを保護しない」

つまり、法律を知らない人の自己責任ですよと突き放されている。実に冷たく不親切なのだ。

現在は税務署の応対の良さと還付請求についてはかなり認知されてきていると思う。原稿料には基本的にはすべて一〇パーセントの源泉徴収がされている。申請をしないのは、還付金を受け取る権利を自ら放棄するのと同じだ。井上がうかうかしていた二十年間で、受け取り損ねた還付金はいくらになったことだろう。

そんなわけで、井上の確定申告書の作成を七、八年手伝っていた。その間、税金が「還付」となった井上は、

「税金が戻ってくることもあるんだねえ」

と訝しげな顔をしていた。

個人的な意見だが、先進国を自負する識字率の高い日本人が、なぜ、これほど政治に関心がないのか、なぜ、こんなに国政選挙の投票率が低いのか、最大の原因は税方式の「源泉徴収」にあるのではないかと思っている。

給料から天引きされている人で、自分が納めている年税額を言える人が何パーセントいるだろうか。すべての納税義務者が税金を〈現ナマ〉で納めていれば、税金の使い道にこれほど無関心ではいられないはずだと思う。そんなやり方じゃ税務署がいくつあればいいと思っているのか、無知な奴、と言われるのは承知の上だが。

ともあれ井上には、必ず領収書を貰っておくように言った。

「〈上様〉と書かれた他人の領収書でもいい。〈上様〉の前に〈井〉を書き込めば、〈井上様〉の領収書になるから」

と冗談めかして笑ったこともある。

昭和五十六（一九八二）年に出版された『私家版日本語文法』と『吉里吉里人』の二冊がベストセラーになった報告をハガキ（左頁）で貰ったことを機会に、これからは税理士事務所に頼むようにすすめた。

井上は「いつか税務署を題材に芝居を書く」と言っていたが。

いつでも仲間によく気を遣い、金は使わせないという優しく気前のいい井上だが、一方で、日本語の使い方やマナーにはたいへん厳しかった。

いつもお世話さまです。
大兄には先刻ご承知のことと思いますし、それに
ご釈迦に説法ですが、文芸家協会から同封の
手引きが送られて来ましたので、お送りいたしま
す。昨年は、「私家版日本語文法」と「自家製文
章読本」の二冊のベストセラーが出ましたので、税
務署と世間（やっかみ……の別名）が目を皿のよう
にしています。そこのあたりをどうか勘定にお入れ
下さい。税金が少し高くなってもやむを得ませ
ぬ。税金で足を引っぱられるとすると、それは
今期です。よろしくおねがいします。山之内保氏
が帰国した。いつか三人で会いましょうか。

井上ひさし

小川荘六大兄

井上と喫茶店でコーヒーを飲む。いつも通り井上が代金を支払ってくれる。

八百円の会計に千円札を出すと、レジ係が言う。

「千円でよろしいでしょうか」

するとすかさず井上が、

「なぜ、こちらがよろしいかどうか答えなければならないんですか？」

と真顔で切り返す。

「よしなって。かわいそうに、お姉さん困ってるよ」

半分は冗談でやっているのだろうが、チョットした言葉遣いにも、こうしていちいち反応することがよくあった。


私も井上に怒られたことがある。

山形で開かれる生活者大学校の夜の交流会では、地元食材を使った料理と地酒が並び、それを七、八人のテーブルに座って楽しみながら歓談する。席は参加者全員がクジを引いて決められるのだが、その時はたまたま馴染みの編集者と同じテーブルにな

り、その時間は二人でお喋りを続けていた。そのことに井上は、

「荘六さん、あれはダメだよ」

と怖い顔をした。

「知り合いとばっかりじゃなくて、ああいうところでは知らない人と話さなきゃ。初めて会う人たちとの交流を楽しみに、遠くから一人で参加している人だっているんだよ」

全国から様々な人たちが集まるこの場では、確かに新しい出会いや新たな発見がある。私もここで出会って、その後も年賀状のやりとりをしたりする人が何人かいる。「生活者大学校」の校長として、井上はそんなところにも配慮しているんだと思った。


こうしてみんなが楽しく盛り上がることは大好きだが、井上は、酔っぱらいが嫌いだ。本人はほとんど飲まなかったが、人が飲むのはまったく気にしないし、みんなで愉快に笑って飲む席は大好きである。しかし、酔っぱらって意味不明な大声を出すとか、寝てしまう奴とかは許せない。

その場では、まああしょうがないと苦笑しているが、私と一緒に横須賀線で帰る

車内では、

「あのヤロー、あの飲み方はなんだ」

とボロクソに言う。俺に言わないで直接言えっていうんだ。


マナーに厳しかった例は他にもある。

鎌倉駅のすぐ隣に銀座アスターという有名な中華料理店がある。そこで二人で食事した時、井上がメニューを見て料理を注文したので、

「俺も同じでいいや」と言うと、

「荘六さん、それはダメだよ。メニューも見ないで何でもいい、人と同じでいいというのは、多くの日本人の悪い癖だよ」

面倒くせえなと思いながら、井上と違う料理を注文する。

やがて井上の料理が出てきたが、井上は箸をつけようとしない。五、六分遅れて私の料理が出てきた。すると井上が突然、大きな声でウエイターに怒り出した。

「何で注文した料理を一緒に出さないんだ」

「イヤ、それはお料理によって時間が……」

「その分、調理する時間をずらして作ればいいじゃないか」

「いいじゃないの。仕方ないだろ？　かかる時間が違うんだから」

と小声で言っても、

「それはダメ！」

あ〜、やっぱり面倒くさい。だから同じものを頼んでおけばよかったんだよ。

でも井上があんなに怒ったのは、私の料理が遅れてきたからで、もし順番が逆だったら、井上の性格からして、黙って腹は立てつつも、

「荘六さん、先に食べなよ」

と言ったのではないかと思われる。

ちなみに「別のメニューを頼まなければいけない」件だが、「更科そば」の注文だけは、この面倒くさいやりとりなしで、

「荘六さん、何枚食べる？」

と井上が注文を取ってくれる。


平成十三（二〇〇一）年十一月、山形県立置賜（おきたま）農業高校百周年記念講演に井上が招

かれた。生活者大学校と同じ日の午前中とのことだったので、私もこの講演会についていった。

在校生全員と先生、先輩ＯＢも出席して川西町フレンドリープラザの大ホールは満席。私は会場の最後列の席で聴いていた。

講演の中頃になって井上が突然、

「その二人の女の子！　人が話をしている時に、何をお喋りしているんだ！」

と大きな声で注意した。一瞬、会場は凍りついた。

その後、井上は何もなかったように話を続け、講演が終わると会場は大きな拍手。

そこで井上が、

「その二人、ここに上がってきなさい」

と、先ほど注意した女の子たちに言った。会場は再び凍りついた。恐る恐る上がってきた二人に、井上は演壇の花瓶から花を何本か抜き取って、何も言わず二人に渡した。

二人は何が起こっているのか分からず、井上と会場を交互に見渡し、おろおろしながら花を受け取った。会場には再び大きな拍手が沸き起こった。

彼女らにとって、怒られたけど壇上で井上から小さな花束を貰ったことは、一生の思い出になったと思う。

実は井上が本当に怒っていたのは、女生徒の隣に座っていた先生たちにである。

〈先生、あなたの出番です。そこは先生が注意しなきゃダメでしょ〉

長い付き合いの私には分かる。

あれだけ、カーッと怒った振りを見せて、冷静にユーモアで返す。憎いやり方、さすが戯作者だ。講演内容はまったく覚えていないが、今でもあの光景ははっきり覚えている。

面白い光景を見せてくれたのは有り難いが、この講演会のために、なぜ、私が井上と一緒に前乗りしなければならないのか。

「一緒に行こうよ」の一言で、こちらの都合を訊くことはない。

「俺に対するマナーはないのか」と思いもするが、長い付き合いだから仕方ないか。

「井上は結構、寂しがり屋だからなあ」

と諦めて、結局どこにでも付き合った。

モスクワ・札幌・あやうく金沢

平成十三（二〇〇一）年六月、モスクワでこまつ座が『父と暮せば』を公演することになった。

作者であり、劇団主宰者でもある井上ひさしは、当然、現地に飛ばなければならない。

でも井上は、高いところが大の苦手で、飛行機も大嫌い。

……「自分の乗る飛行機はたぶん落ちる」と思い込んでしまう悪い癖があり、しかもこんどは悪名高いあのロシア航空（アエロフロート）である。どうしようか。

ロシア航空にたいする不信は、二十年前の中国旅行で芽生えた。北京から西安へ飛ぶためにイリューシン一八に乗り込んだとき、思わず膝がガクガクして歩けなくなったのを覚えている。翼や胴体のここかしこに何十もの鋲の抜け落ちた痕があり、機内に入ると、床板のあちこちが抜けて穴が空いていたのだ。その上、離陸して間もなく、その床の穴からシューッと白い煙が吹き出してきたから、「……ああ、おれは北京郊外上空で一生を終わるのだ」と叫びながら青くなっていると、それは冷房サービスのドライアイスの煙で、その煙で冷やされながら、ロシア製の飛行機には乗るまいと決めた。

（『井上ひさしコレクション　日本の巻』所載「ロシア公演、エトセトラ劇場の三日間」）

まるで映画の『レインマン』だ（航空機事故を詳細に記憶している自閉症のレイモンド（ダスティン・ホフマン）が、カンタスは墜落事故を起こしていない、と言って、それ以外の飛行機に乗ることを叫びながらイヤがるシーンがある）。

とにかく、ロシア製に限らず、どんな飛行機にもできるだけ乗らない井上は、どうしても飛行機に乗らなければならない時には、その都度、遺書を書いていたらしい。

……こんどモスクワで上演する『父と暮せば』のロシア語訳をしてくださったエ

ッセイストでロシア語同時通訳者の米原万里さんが、「ばかなことを云ってないで、モスクワへ行きなさい。いま、ロシア航空の国際線飛んでいるのはエアバスA―三一〇です。整備はヨーロッパでやっているし、操縦は空軍パイロットで飛行技術は優秀ですよ。国内線は危ないかもしれないけど、国際線はだいじょうぶ。なんなら私がついて行ってあげます」と云ってくださったので、心が動いた。

（同前）

ロシア行きのスケジュール調整をしていた未玲の話では、なんとか飛行機に乗らないでモスクワに行く方法を必死に模索した井上は、

「ナホトカまで船で行き、そこから鉄道でモスクワに行くのはどうか」

などと、万里さんにさらに「ばかなことを云わないで」と言われそうなことを提案していたらしい。

ロシア語のスペシャリストで義理の姉でもある米原万里さんという最強のガイドを得て、井上もようやく重い腰をあげたようだ。

井上は、万里さんについてはこんなふうに言っていた。

「万里さんはずるいよ。語学は万能だし、仕事の合間にエッセイを書けばすぐ賞を取っちゃうし、何なのあの才能は」

ちなみに、米原万里さんは、その強気で自由なふるまいから通訳仲間に「エ勝手リーナ」と呼ばれていた。井上にとって頭が上がらない人が何人いたか知らないが、万里さんは確実にその中の一人に入っていたと思う。

六月一日（金）、成田空港を正午発のアエロフロートでモスクワに向かった。ファーストクラスには、井上、万里さん、万里さんの友人でスペイン語通訳の横田佐知子さん、講談社の土屋和夫さん、フリーの編集者、和多田進さん、そして未玲と私の七人だけだった。

万里さんは右側の最前列に座るとすぐに、「雑誌の締め切りに間に合わないの」と言いながら、パソコンを取り出しキーボードを叩き始めた。

井上は左側の最前列に座るやいなや、耳栓をこれでもかと耳にねじ込み、分厚い本を読み始めた。

食事の時間になると、前方正面の半円型の棚に世界中から集められたような酒のミニボトルが並べられた。もちろん飲み放題。さすがファーストクラスである。

機内食はパンケーキにキャビアとイクラとサワークリーム、ピロシキにサーモンなど、ロシアらしいメニューだったが、どういうわけか、井上にだけは海苔巻きなどの和食が出されていたことは今もって謎だ。

「とりかえてもらいましょうか？」と未玲が声を掛けても、井上は顔も上げず、ただ首を横に振るだけ。

離陸してしばらくしたところで、私がリクライニングシートを倒そうとすると、足を乗せる台が出ない。やっぱりこれがアエロフロートなのか。すると大柄の屈強な乗務員が、私の前にかがんで力づくで台を引き出した。「ギギギーッ」と凄い音がした。

モスクワまで十時間のフライトの間、飲み物もまったく口にせず、誰とも話さず、ひたすら本を読んでいた井上が、この音に一度だけ振り向いた。

シェレメチェヴォ空港からミニバス（窓の割れたメルセデス）でモスクワ市内に向かう。至るところに、「この二週間だけ」というハコヤナギの綿帽子が雪のように舞っている。

十八時頃に着いたはいいが、夜行列車の時間まではまだ六時間近くある。

「空き時間のことなんて知らないよ」という現地ガイドに一瞬、呆然とするが、こんな時、万里さんがいてくれるのは心強い。急遽、先に現地入りしているこまつ座のスタッフが泊まっているホテルへ向かい、キャストも交えて食事を摂る。

しかし頼んだ料理が出揃わないうちに、出発の時間が近づき、一行はあわててレニングラード駅へ。

二十三時五十五分、無事にサンクトペテルブルク行きの夜行列車「赤い矢」号に乗り込んだ。

発車前にトイレに入ろうとしたが鍵がかかっていて入れない。我慢していると、列車が動き出してようやく戸が開いた。中に入って、停車中に鍵がかかっていた意味が分かった。便器の下に線路が走っているのが見える。つまり、走っている線路上にまき散らすという汚物処理方法をとっているのだ。だいぶ前には日本でもこんなトイレを見たことがある。

二人一部屋のコンパートメントには、ベッドをはさんで小さなテーブルがあり、白い花瓶に真っ赤なバラ、朝食用の小さなロールパンとパンにつけるマスタードとお菓

サンクトペテルブルク行き夜行列車「赤い矢」号

朝食用の軽食セットと寝台列車のツインのコンパートメント

子、ティーバッグの入ったグラス、薄いプラスチックのコップを被せた飲み水の小瓶が置いてある。何気なく手に取ってみたお菓子は、賞味期限を三日ほど過ぎている。

この賞味期限問題について、みんなでやいやい騒いでいると、

「とっくに賞味期限切れの男たちが何言ってるんだか」

と万里さんに一蹴された。一言もない。おっしゃる通りです。

八時間半の寝台列車は、驚くほどよく眠れた。井上も恐怖の飛行機から解放されて爆睡したことだろう。唯一、ロシア人女性と同室になった和多田さんだけは（我々の人数が奇数だったためだ）、落ち着かない夜を過ごしたらしいが。

六月二日（土）八時二十五分にサンクトペテルブルクに到着した。

サンクトペテルブルクは見るものすべてが素晴らしかった。「エルミタージュ美術館」には、その外観とおびただしい数の美術品にただただ圧倒された。「夏の庭園」は京都の百万遍通りと似ていた。

そんな中でも一番思い出されるのは、宿泊したホテルの庭で午後の陽だまりの中、井上とのんびり話をしたことだ。

モスクワへの夜行列車まで時間があったので、白夜の街を五、六人で散策している

井上と筆者。サンクトペテルブルクの「アングレテールホテル」の中庭にて。

と、「マリインスキー劇場」の前で、井上が突然、

「これ観ようか」と言い出した。

ロシア人ガイドが劇場側と交渉してくれた結果、世界の国賓級が座るロイヤルボックスで『マノン』を観賞できた。プリマドンナの妖艶な舞いに感動する。チケット代は一枚、一万数千円した。当時のロシアの平均月収が六千円ほどだから、いくらロイヤルボックスとはいえ高額である。もちろん井上が全額支払う。

帰りのコンパートメントでは、いつものように井上と二人、ほとんど徹夜で話をした。


六月五日の『父と暮せば』公演の素晴らしい成果については、前出の「ロシア公演、エトセトラ劇場の三日間」に詳しい。

六月六日、途中から合流した新国立劇場の古川夫妻と、光文社の高橋靖典さんも一緒に、チェーホフの別荘があるメリホヴォ村へ。井上にとって、今回のツアーで最も楽しみだったのは、この「チェーホフ記念館」訪問だろう。その期待は『父と暮せば』の公演以上だったかも知れない。

出発の時、別の用事で同行しない万里さんは、このツアーの引率をまかされた日本人留学生の女の子に、

「この勝手なおじさんたちがもし言うことを聞かなかったら、黙って置いていけばいいのよ」

と、恐ろしいガイドの心得を伝授していた。

メリホヴォ村へ着いて、広大な敷地に建つチェーホフの家を見て回る。黒いひげを二、三本生やした大柄な女性学芸員の説明はどうやらいいかげんなものらしく、通訳されるたびに井上は、

「いや、それは違う」

とブツブツ反論する。それでだいぶ眉間にしわを寄せていたが、チェーホフの机を前にしたときは、感慨深げな顔をしていた。


「大きな机でよかったですね、先生」呟きながら観察すると、その詳細はこうである。まず全面にミドリ色の薄ラシャが敷いてある。左手奥に四角の笠をのせたランプ、その反対側にローソク用の燭台。正面に小さな写真立て。その中からや

さしくこちらを睨んでいるのは、例のスヴォーリンである。付けペンで書いていたらしく、右手にインク壺と黒軸のペンが置いてある。

椅子の左右の肘掛けはチェーホフの肘や手首で何億回となく擦られて変色した上、いまなおテロテロと光っている。そして机の前面の縁は、これもまた主人の手首や肘で擦られて塗りが剝げ落ち木目が現れ、その木目も三ミリほど削り取られたようにへっこんでいる。学芸員のおばさんの許しを得て、机の、そのへっこみにさわらせてもらった。


（『國文學』二〇〇二年二月号所載「チェーホフの机」）


同じ時間に、同じ目線で、同じものを見ていたはずなのに、作家・井上ひさしの観察力と表現の豊かさに改めて感心する。

実は真実はちょっと違っていて、井上は、学芸員が我々から目をそらした隙に、勝手に机に触れていたのだ。

「未玲さんも触っておきな」と小声で言われた娘もこっそり机をなでていた。

それにしても、大好きなスターを前にしたファンとまったく同じ。あんなに満足気

チェーホフの机をさわる井上。(後ろは学芸員と同行の横田佐知子さん)

で嬉しそうな井上の顔は生涯見たことがない。

井上は旅行の時に記録用の新しいノートを必ず持っていく。このノートには、地下鉄の切符から地図からレシートから、旅行中のありとあらゆるものが資料として貼られていく。ロシアからの帰国時には、ノートの厚さは一〇センチほどになっていた。

平成十七（二〇〇五）年十一月、札幌大学が毎年主催している「エクセレント講座」で、井上の講演と作文教室が三日間行なわれることになった。

いつものように「一緒に行こうよ」と誘われ、いつものように一緒に行く。

札幌まで飛行機なら羽田から一時間強というところだ。しかし、海外ならやむなく諦めもするが、日本国内を移動するのに、あの飛行機嫌いが空を飛んでいくわけがない。そこで寝台特別急行列車カシオペア号で、となる。

この講座の仕掛人でロシアにも同行した和多田さんと、井上と私の三人で上野駅に行く。既にカシオペアがホームに着いている。先頭の一号車はガラス張りの展望室になっていて、それを見た井上が、

「このシートの予約を取るのは大変らしいよ。新婚旅行のカップルに人気らしい。花

サンクトペテルブルグのホテルのラウンジでせっせとノートに記録する井上。

嫁さんの希望だろうね。男のほうはつらいよ。このガラス張りじゃ、一ノ関までは人目が気になってなんにもできない」

と言って三人で大笑いした。それから自分の乗る車両をチケットを見ながら探した。すると、井上のチケットがこのガラス張りのカシオペアスイートだった。

札幌大学の理事長がJRに顔が利くとかで、井上のためにわざわざ取ってくれたのだ。それだけでも充分笑えたが、最大限のおもてなしで用意されたこの展望室は禁煙車両。三人でさらに大爆笑。

私が札幌大学の担当者からチケットと一緒にもらった手紙には、〈オガワソウロクさまにつきましては、「スイート」の空きがなく「ツイン」のご用意となりましたのでご了承ください〉とあったが、何ということの格差。しかしこの狭い「ツイン」の部屋は、喫煙がOKだった。上野発十六時二十分のカシオペア号が札幌に着いたのは翌日の八時五十四分。十六時間三十四分のうちの十二時間以上を、井上は私のツインの部屋で過ごし、煙草の煙が充満する中で延々と話し続けた。毎度のことながら、休憩時間なしであんなに何を話したんだろう。

講座の初日は「日本語の力をつけることの大切さを考える」と題しての講演。

二日目の終わりに、「母」のテーマで参加者に原稿用紙一枚の作文を提出させる。テーマ「母」について、参加者の視点は様々である。自分が幼い頃に見た母、初めて母になった自分、娘の結婚式に出席する母などなど、参加者は自由にテーマである「母」を書く。

井上は、参加者全員、百三人分の原稿を一晩で添削する。

添削する部屋の床に、乾燥予防なのか十分水を含ませたホテルのバスタオルを敷き、完全徹夜の態勢だ。

なんの義務も仕事もない随行の我々は、札幌の「夜のすすきの」を満喫した。

三日目の朝食時、今回の作文の話になり、井上から、

「〈母の残したピアノの鍵盤の一つのキーだけが、半音違っている〉という文が素晴らしかった。間違いなく一席だね」

と聞かされていた。

この時の札幌ではやらなかったが、普段の作文教室では、表彰式の前に十人前後の作文を選び出し、書いた本人に読ませるそうだ。井上の指示した順番通りに、添削された作文が次々読み上げられていくと、それが見事な一幕の芝居となる。会場は、笑

い声とすすり泣く声の入り混じる観客席になる。

洒落た演出である。井上のこのマジックに、参加者はみな感動するという。

さて、表彰式で一席に選ばれたのは、札幌大学に通う中国人留学生の女の子だった。

「〈ピアノの鍵盤〉の子じゃないじゃん」

「留学生が可愛いかったし、日中友好にもなるからいいんだよ」

「えー!?」

そうくるんだ。井上にとっては、表彰は単なる儀式に過ぎないのかも知れない。一席、二席などという順位づけも、たいした意味はないと考えているのかも。

それでも井上は、札幌市内の書店に出向いて自腹で買った何冊かの辞書を、表彰された参加者に賞品として授与していた。

帰りの井上の車両は「カシオペア・デラックス」で、ガラス張りからは逃れられたが、あいにくここも禁煙車両だった。なので結局は、相変わらず私の「ツイン」で煙草の煙が充満の十二時間だった。

平成十七（二〇〇五）年八月の或る日の夕方、徹夜明けだという井上から「これから金沢へ行かないか」と電話があった。

横浜市の金沢区なら、お互い三十分くらいで行ける場所だ。

「いいけど、横浜のはずれに何しに行くの?」

「その金沢じゃないよ。石川県の金沢だよ」

「……は?」

井上は夏休みに家族三人で金沢に行く予定だったが、いつものように締め切りに追われ、一緒に出発できなかった。ユリさんたちは予定通り金沢へ向かい、井上の到着を待っているのだという。

「なんでそこに俺がついてかなきゃいけないんだよ」

「今回はタクシーで行くからさ」

「え? 金沢まで?」

「うん、五〇〇キロあるから、七時間半ぐらいかな。だから結構話せるよ」

「なんでタクシー⁉」

たまたま乗った個人タクシーの運転手にとても優秀ないい人がいて、最近ひいきにしているその彼に、金沢まで乗せていってもらおうと思い立ったらしい。

「昨日のうちにお願いしてたっぷり休養をとってもらってるから長距離でも心配ないよ。だから一緒に行こうよ」

「運転手がたっぷり休んでたって、井上は徹夜明けなんだろ？　ゆっくり寝ていきなよ」

学生時代からの数々の誘いに滅多なことではＮＯと言わない私だったが、さすがにこの無茶ぶりははっきりと断った。

後日、その個人タクシーに井上と乗せてもらった時、「金沢までどうでした？」と運転手さんに尋ねてみると、

「先生はずっと丸太みたいにお休みになっていました」

とのことだった。やっぱり疲れてたんじゃないか。ここで常識的には、

「あの時は無理を言って悪かった」

という一言ぐらいあるかと思ったら、

「いや、誘い方が悪かったな。金沢に旨い寿司を食いに行こうって言ってたら、荘六さん、来てたでしょ？」

まったく反省の色がない。私をなんだと思ってるんだ。確かにそんな誘い文句だったら、行っていたかも知れないが。

変わらぬ「心友」

平成十三（二〇〇一）年六月のロシア旅行をはさんだ五月と七月、横須賀で井上の講演があった。

五月のほうは、横須賀市長選に現職の市長の対抗馬として立候補した今野宏氏（共産党推薦）の決起集会。

井上は不破哲三氏と対談した本、『新日本共産党宣言』（一九九九年）を出しているし、常に体制を批判した発言もしている。応援スピーチに井上が招かれたのも当然な流れかも知れない。

会場は私の家のすぐ近くの横須賀市文化会館だった。

講演の始まる二時間前、井上と私は東京駅にいた。なぜこの日に二人で東京にいたのか、記憶はまったくないが、どうせいつもの井上の「行こうよ」だったのだろう。

電車を待っていると、「横須賀線は運転見合わせ、復旧の目途は立っていません」というアナウンスが流れた。講演会場の最寄り駅は京浜急行の沿線だったので、

「山手線で品川駅まで行って、そこから京浜急行で行けば間に合うよ」

と提案したのだが、井上は、

「いいよ。ここで横須賀線が動き出すのを待とう」

と動かなかった。まったく時間を気にする様子がない。なんだよ、行きたくないのかよ。

結局、開始予定時刻に一時間ほど遅刻して横須賀市文化会館に着いた（会場で待っていた未玲に横須賀線が止まった事情を話すと「なんで京急で連れて来ない！」と怒られた。いや、だからそうは言ったんだけど井上が……）。

大ホールの千二百席は、労働組合、支援者ですべて埋まっていた。講演の終盤、井上は、

「民主主義を標榜する日本共産党としては、書記局も民主的な選挙で選ぶべきです」

と締めくくった。この言葉に、会場からは割れんばかりの拍手が起こり、しばらく

鳴りやまなかった。来賓席の議員の渋面が印象的だった。

世間には共産党員とも思われていた井上だが、上智での講演ではこんなことを言っている。

上智大学の場合は、そのカトリシズムと言いますか、キリスト教が、学校の中にいろいろ埋め込まれておりますので、これは、大変大きかったんじゃないかと思います。

僕は一応信者なんですね。高校一年の時洗礼を受けまして、カトリック信者で共産党シンパというわけのわからないものですけど、僕は、上智でなかったら、きっと共産党員になってたと思いますね。でも、ぎりぎりのところでとどまるという、やっぱり上智のおかげだと。

（前出「上智大学と私」より）

市長選は現職市長の圧勝に終わった。

この年の八月、横須賀でも『父と暮せば』が上演されることになった。公演の宣伝のために、同じく横須賀市文化会館中ホールに二百人ほどを集めて井上の講演会を企画した。

この講演の最後に井上は、

「今、一番後ろで立っているのが、今回の企画をした小川荘六さんです。彼は上智大学の同級生で、今日まで四十年以上の付き合いが続いている私の『シンユウ』です」と語り、ホワイトボードに「心友」と書いた。

「私が臨終の際は、枕元に嫁さんと息子、それから荘六さんがいてくれたら、それだけでいい」

地元でこんな泣かせる話を聞かされたら、何としても五百二十六席ある「はまゆう会館」を満席にしないわけにはいかない。

親戚関係はもちろんのこと、地元高校の同級生、二十年間勤めた横須賀市役所の仲間、横浜市などで研修講師をしていた時のネットワークをフルに使い、実行委員会まで作って必死で切符を売った。

当日はなんとか満席になり、多くのお客さんから、いい芝居を観せてくれたと、喜んでもらえた。井上に義理も果たせてホッとした。

当日は仕事で会場に来られなかった井上に、

「荘六さんの人脈と営業力はすごいね。客席ほとんどお父さんの知り合いだったんじゃないの？」

と言われた娘は、

「ええ、父は会場入り口で水飲み鳥のおもちゃのように、ずっと頭を上げ下げしていました」

と答え、井上一家は大笑いしたらしい。


井上は人気作家から着実に国民的作家への地位を築き、平成十五（二〇〇三）年には日本ペンクラブの会長になる。それまでにも既にいくつかの組織や団体などの役職に着いていたが、ペンクラブの会長ともなると、社会的知名度、社会的立場からもやはり格が一段高くなる。

公式な式典、企業から寄附を貰うためのイベント、重要な会議など、欠席の許されない様々なところでスピーチや挨拶をしなければならない。形式的な来賓挨拶は、井上の最も苦手とするところである。

ペンクラブ会長の内定がほぼ決まった頃、

「弱ったな、どうしよう。ペンクラブの会長だよ」

「副会長を引き受けた時から、いずれそうなるって分かってただろ？　今更ぼやくのはみっともないよ。諦めな」

こんな会話をしながら東京駅へ歩いて行く途中で、井上がまた妙なことを言い出した。

「いいこと考えた。ここで二人でさ、煙草をポイ捨てするんだよ。日本で最初にポイ捨て条例を作ったのが千代田区なんだ。〈ペンクラブ副会長が煙草のポイ捨てで二千円の罰金〉て記事が新聞に載れば、〈そんな人をペンクラブの会長にしてはまずい〉ってなるでしょ？」

「誰も見てなかったらどうすんだよ。見られたとしても、新聞になんか載らなかったら？」

「そうしたら俺が荘六さんの名前を使って新聞社に情報提供するよ。謝礼が貰えたら折半しよう」

私と井上の昔から変わらぬバカな会話である。

ポイ捨てよりも、こんなくだらないことを言っている人間がペンクラブの会長なんかになっていいのだろうか。


井上は、自身の劇団「こまつ座」の運営について、相当深刻に悩んでいた時期があった。

まだ小さかった井上の長男が元気に庭で飛びまわっているのを眺めながら、縁側に座って話していた時、「組織」という言葉の定義でもめたことがあった。

「荘六さんの言う組織の考え方は、官庁とか大企業のことで、こまつ座みたいな少人数では通用しないんだよ」

座員たちをなんとかまとめることはできないかと腐心していた井上に、私はコンサルタントとして自分の関わった中小企業での事例などを挙げてみたが、結局、議論は延々と平行線のまま終わった。
二、三ヶ月後、
「もう読んだから、持っていっていいよ」

と井上から五冊の本を渡された。

「これ、全部読んだの？」

「うん、面白くなかった」

十人程度の規模の組織について考えるために、一冊三百頁を超えるＧＥのウェルチ本を五冊も読むのかよ。

滅多に相談などしない井上に、上手い助言ができなかったことは今でも後悔している。

井上が亡くなった後に再版された放送作家時代のことを書いた本の中に、こんなページを見つけた。

……ではなぜわれわれは互いに「フェア」でなければならなかったか。われわれは互いにかばい合うことによって、どっちかが番組からおろされることを防いでいたのだ。ディレクターの中には、（これは『ひょっこりひょうたん島』の初期のころであるが）、互いの競争心を煽ってやろうという善い動機からではあったろうけれど、

「二年目にはまた別のライターが（どちらかの代わりに）加わるかもしれませんよ」

と言ったのがおり、それを防ぐためには、つまり、山元・井上コンビを続けて行くためには、まず相手をかばうことが大切だと考えたわけだ。口幅ったいことを言うようだが、このことは組織（二人でも組織は組織だ）を維持して行く上でもっとも基本となる心構えであるだろうと思われる。自分を守るためにはまずもうひとりの仲間を守らねばならぬのだ。

（『ブラウン監獄の四季』所載「ザ・ドーナッツ、考査室と戦う　その一」）

たった二人の「組織」を維持する心構えについて、本人がすでにしっかり書いている。この言質を突きつけたら井上はなんと答えただろうか。

貰った本はちゃんと読み込んでおくべきだった。

結論から言えば、井上は組織には向いていないし、組織をまとめあげるトップにはなれなかったと思う。

井上の人に対する評価の乱高下は激しい。

「あの人こそ本物だ」

「彼なら任せられる」

この最高評価が、ちょっとしたことで地に落ちることがある。

私は編集者やこまつ座の人に現在の井上との関係がどんな状態かを面白がって尋ねる。

「今どうなの？　晴れ？　曇り？　どしゃ降り？」

「快晴です！」

こんなやりとりを、井上のいないところで楽しんでいた。

井上に人を見る目がないとは思わない（そうだとしたら、長年の親友である私の立場がない）。ただ、期待をしすぎるのだ。その類いまれな想像力で、人に対しても、理想の夢を見過ぎるのだと思う。


井上とはひとつ約束をしていた。私がもしもダブルブッキングのようなポカをやり、仕事に穴をあけたり、責任問題が生じたりしたその時は、井上が代わりに無料で講演してくれる、というものだ。幸い、井上に迷惑をかけることは一回もなかった。

私と井上の関係を知っていて、「井上先生に講演を頼んでほしい」という人が頻繁に現れたが、どんな義理ある関係者、知人、親戚縁者であってもすべて断った。井上と長く付き合えた理由の一つだと思う。

大学卒業後、私は就職し、井上は作家活動に専念、としばらく会わない期間があった。

卒業から十年、ろくに会うこともできなかった頃の正月に、井上からこんな年賀状（次頁）を貰っている。

この印刷ハガキの公演スケジュールからも分かるように、井上は既に人気劇作家として多忙を極めていた。しかし手書きの名前と、

「よォ！」

というこのひと言に、利害関係なし、安全、安心の信頼がうかがえる。

売れっ子になろうが、ペンクラブの会長になろうが、井上と私の関係は、出会った頃と変わることはなかった。

謹 賀 新 年

私達の小劇場が出来て２年目
今年も皆様に楽しい舞台をごらんにいれようと
一同　決意も新たに７１年を迎えました
宜敷く御指導の程　お願い申し上げます

１９７１年　元旦

よォ!

— ７１年度公演スケジュール —

２月下旬　井上ひさし作　道　元
５月上旬　太宰　治作　新ハムレット
キノトール脚色　（地方公演第３弾）
７月下旬　井上ひさし作　11ぴきのネコ
９月下旬　岡本　克己作　書き下ろし（題未定）
12月下旬　井上ひさし作　浅草の基督

株式会社　テアトル・エコー
井上ひさし
東京都渋谷区恵比寿１-18-18　ＴＥＬ（441）5058・5092

昭和46（1971）年の年賀状。

「井上。もう少し、待っていてくれ」

井上も私も、かなりのヘビースモーカーだ。

しかし、平成二十二（二〇一〇）年の初め、入院していた井上から「煙草やめるように」との伝言を受けた。

私の健康を気遣っての忠告だろうから、素直に聞くべきところだが、私は煙草をやめなかった。

「井上が吸えない分、帰ってくるまで俺が吸っておいてやるよ」

と思ったのだ。どこもかしこも禁煙の今の風潮からすれば目くじらを立てられそうだとは分かっているが、なんというか、それがいつも通りの付き合い方だという気がした。あえて言い換えるなら、

「俺に煙草をやめさせたければ、元気になって帰って来いよ」

ということだ。

そして井上は帰って来ていない。だから私は今でも煙草がやめられない。

「荘六さん、それは違うよ」

と言う井上の声が聞こえてくるようだが。

「お互い、八十近くなったら」という話を何度もしたことがある。

井上は締め切りからすっかり解放され、気の向いた時に、原稿用紙に向かうという気楽な日々。

「よう！　来たよ」

と私が遊びに行く。

「おう」

と井上が、読んでいた本から顔を上げて答える。

縁側に座って、広い庭の先にある源氏山の竹藪を見ながら長い時間が過ぎる。

話の途中で台所に行った井上が、アイスクリームにエスプレッソを注いだ皿を持ってくる。

「こんなのいいよな」

と笑いあった。そんな夢もこれからという時に、井上は静かに逝ってしまった。

自分の近くにいた人間がいなくなる。それをこれほど引きずった経験が私にはない。

なにか慰めの言葉を探すように、井上の書いた本を手に取ってみる。


「宗教」とはつまるところ「人」のことだ。わたしにとってカトリックはすぐれた教えだったが、それはわたしのめぐりあったカトリック者が、例外なくすぐれた「人」ばかりだったからにちがいない。そこで、ここで、思いつくまま、わたしが出あったすぐれたカトリック者たちについて書いてみよう。（略）

……いつだったか「カトリックの教えをひとことで言えばどうなりますか」ときいたことがある。老管区長の答えはこうだった。

「死の下す判決はすべて平等です。これがわたしが八十年かかって理解したカトリックの教えのレジュメ（要約）です」

老管区長によれば、この世は不平等と不公平だらけであるから、そのたびごとに立ち止まって不平不満を鳴らしていると、わずらわしいばかりではなく、そのうちに精神が参ってしまう、だからすべてのことを、この世の出口である死というところからながめ直しなさい、というのだった。

「……たとえば、あなたがたには親がない。そのために、いまあなたがたは苦労をしている。悲しみや苦しみ、あるいは寂しさであなたがたの心はいつもしぼんでいるかもしれない。また、自分たちにだけなぜ親がいないのかと、その不公平さに腹が立つだろう。だが、ここで視点を変えてみなさい。あなたがいつかは必ずたどりつく『この世の出口である死』というところからそのことをながめ直してみなさい」（略）

孤児院の老修道士が、これこそカトリックの教えの要約です、と前置きして教えてくれたのが「死の下す判決はすべて平等である」という言葉だった。

名言かどうかは知らないが、これはずいぶんと包容力のある言葉だ。ハイネは「人生は病気であり、世界は病院である。そして、死がわれわれの医者なのだ」

と書き、セルバンテスは「ローマ法王といえども、死体となって横たわれば、教会番人の死体と同じくらいの面積しかとらない」と低い声でつぶやいたが、このハイネやセルバンテスの名言も「死の下す判決はすべて平等である」という言葉の外へは一歩も出ていないのだから。

（前出「聖母の道化師」）

「宗教は教義でなく〈人〉なんだよ」

という言葉は、井上からも直接聞いたことがある。

私にとって、井上はそれに値する〈人〉だった。

井上からは計り知れないほど多くのことを学んだが、まだまだ話したい、聴きたいことがいくらでもある。

井上から刺激を受けられなくなった今、自分で視野を広げていくしかない。

東北の震災や福島の原発事故に対して、井上だったら何を言うだろう。井上がもし生きていたら、どう考えただろう、どう運動しただろう。

やはり井上がしていたように、たくさん本を読み、徹底的に調べ、井上の残した作品を何度も読み返すしかないかと思う。

幸い、山形県川西町には井上の膨大な蔵書をおさめた遅筆堂文庫があり、毎年開催されている「生活者大学校」と「吉里吉里忌」があり、井上の書いた芝居は、いつでもどこかしらで上演されている。「井上ひさし研究会」なんてものもできたんだっけ。そのひとつひとつに、じっくり教えてもらうとしよう。


「いや、荘六さん、それは違う」

五十四年の付き合いの間、私が何か言えば、井上は取り敢えずこの言葉から話を始めた。私の意見が井上と同じでも、結論に至る考え方、視点やプロセスの違いを強調した。

「なんだよ。結局は言ってること同じじゃんかよ」

「いや、荘六さん、それは違う」

こんな会話の続きは、「この世の出口の向こう」へ行ってからとしますか。

井上。もう少し、待っていてくれ。

その時は、忘れずに缶ピース持って行くから。

あとがき

平成二十八（二〇一六）年十二月十一日、井上の生まれ故郷、山形県川西町で「〈わが友　井上ひさし〉」と題して話をした。川西町フレンドリープラザで毎年四月に開催されている「吉里吉里忌」を地元の人にもっと知ってもらおうという主旨で行われているプレイベントのミニトークショー「遅筆堂カフェ」に、井上の大学同期生として招かれたのだ。

三十人ほどの参加者はほとんど地元の人だったが、その中に一人、わざわざ東京からこの小さなイベントのためだけに駆けつけてくれた奇特な人がいた。

集英社でずっと井上の担当をしていた高橋至（いたる）さんだ。井上が芝居の新作を書くときには必ず聞き役を務めてもらったというほど、最も信頼を寄せていた編集者である。

その高橋さんが、トークショーを終えた私にこう言った。

「今回聞いたような井上さんの学生時代の話はほとんど知られていない。本に書いてみませんか」

即座にお断りした。

私が企業コンサルタント、社員教育、地方自治体の職員研修を生業(なりわい)とする中で、「講座のお話を是非、本に」と勧められることが時々あった。そのことを話すと井上は決まって、

「荘六さん、話し言葉と書き言葉はまったく違う言語だからね」と言った。

「わかってるって。井上と違って、俺は喋りが専門だから」

このやりとりが頭にあったからだ。

けれど、「語り部として後世に残すのが親友の責任でしょう。全力で応援しますから」という高橋さんの強い勧めもあって、次第に考えが変わった。

作家、劇作家としての「井上ひさし」は、作品やその言動が、著名な作家や評論家、学者等によって論じられている。平成三十（二〇一八）年夏には「井上ひさし研究会」も発足した。井上の仕事ぶりについては研究がさらに進むだろう。

ならばその一方の、普段着の無防備な井上の側面を伝えることは、確かに私の役目

かも知れない。

学生時代の記憶を呼び起こすために、本書にもちょいちょい顔を出す大学同期の田村、西村、山之内たちと話し合い、記憶を裏付けるための情報収集から始めた。次に、数十年ぶりに上智大学を訪れ、大学史資料室で創設から六十数年前の我々が在学中の資料を探した。期待をはるかに超える多くの写真や参考資料を提供してもらい、それらを材料に、初稿から何度も書きなおしを重ね、最終原稿に至るまでには十ヶ月を要した。

今まで、本の「あとがき」は、マナーとして関係各所に感謝を述べているのだろうというくらいにしか考えていなかったが、自分が書く身になって初めて、ここに込められた感謝の思いを痛切に感じている。

本が出来あがるまで、本当に多くの人にお世話になった
まずはこの本の生みの親と言ってもいい高橋至さん。「全力で応援」の言葉通りに、書くべきこと、調査すべきことに始まり、再三にわたる細かなチェックまで、素人の原稿に根気よくお付き合いいただいた。

この出版不況の折りに、本を出すことを請け負ってくれた作品社の増子信一さんは、

高橋さんが最も信頼している編集者仲間というだけあって、驚くほど誠実で丁寧な仕事をしてくださった。このお二人には感謝の言葉しかありません。

他にも、記憶の掘り起こしを手伝ってくれた上智の仲間たち、資料を提供してくれた上智大学史資料室の大塚幸江(さちえ)さんをはじめ職員の方々、「上智大学金祝燦燦会」のよこすかソフィア会の宇多寛而(かんじ)君、フランス語科同窓会の風間烈(いさお)会長、サンパウロ編集部、私も知らなかった井上の話をいろいろ聞かせてくれた元上智大学学長の石澤良昭さん、昭和三十一(一九五六)年当時の大学周辺の様子を調べるために、千代田区役所、新宿区役所まで足を運び、我々が通い詰めた喫茶店の所在まで見つけてくれたYKK社員研修の教え子の朝比奈信安君。皆さんのご協力に本当に感謝します。

そして、井上の日記を提供してくれた上に、書籍化に向けて後押ししてくれた井上ユリさんの尽力がなければ、この本が世に出ることはなかっただろう。

我が家では、下書きの段階から二人の娘たち、未玲と奈奈にも世話をかけた。特に、長く井上の秘書を務め、劇作家でもある長女の未玲には、資料集めから文章の添削まで大いに助けられた。

最後に、妻・美保子に最大の感謝を伝えたい。何回か挫折しそうな時期を乗り越えて最終原稿までたどり着けたのは、すべてを包み込んで黙々と支えてくれた、私よりも断然パソコンに精通している彼女のおかげである。

本を出版するというまったく未知の世界を経験させてくれたすべての皆さんに感謝し、お礼を申し上げます。


井上はいま何処にいるのだろう。

学生時代に死後の世界の話をしたことを思い出す。

「天国や極楽は善良で真面目な人が行くところだから、面白い人間が集まっているのは地獄らしい」

ということは、きっと井上は地獄にいるな。

地獄で井上に会ったら、訊きたいこと、話したいことは山ほどある。

長い雑談が始まるだろう。時間は無限にあるはずだ。

井上ひさし年譜

（主に本書に関連した事項を中心にした）

一九三四年（昭和九）	0歳	十一月十六日、山形県東置賜郡小松町（現、川西町）に父修吉、母マスの次男として誕生、廈と命名。兄は滋、弟は修佑
一九三九年（昭和十四）	5歳	六月、父修吉死去
一九四一年（昭和一六）	7歳	四月、小松国民学校入学
一九四五年（昭和二十）	11歳	八月十五日、松根油にするための松の根を掘る作業中に敗戦を知る
一九四七年（昭和二十二）	13歳	四月、小松町立新制中学入学
一九四九年（昭和二十四）	15歳	九月、兄・滋が結核で入院。ひさしと弟・修佑は仙台の光ヶ丘天使園（現、ラ・サール・ホーム）入園
一九五〇年（昭和二十五）	16歳	四月、仙台第一高等学校入学 この年、洗礼を受ける。受洗名は「マリア・ヨゼフ」

一九五三年（昭和二十八）	19歳	二月、日本で初めてテレビ放送始まる 四月、上智大学文学部ドイツ語科入学。大学になじめず、母の在住する岩手県釜石市に帰省、二年ほど休学する 十一月、国立釜石療養所の事務員となり、公務員生活を送る
一九五六年（昭和三十一）	22歳	四月、上智大学文学部フランス語科に復学 五月、売春防止法公布 十月、浅草フランス座文芸部員となる
一九五七年（昭和三十二）	23歳	十一月、上智大学新聞論文募集に「語学教育のあり方 外国語の教育は現状でよいか」を応募し入選する
一九五八年（昭和三十三）	24歳	一月、四ツ谷駅前にある中央出版社に倉庫番として住み込みで働く 十二月、「うかうか三十、ちょろちょろ四十」を発表
一九六〇年（昭和三十五）	26歳	四月、上智大学外国語学部フランス語科卒業。そのまま、倉庫番を続ける
一九六一年（昭和三十六）	27歳	十二月、内山好子と結婚。新宿区牛込弁天町の寿司屋の二階に住む

一九六二年（昭和三十七）	28歳	四月、江戸川区小岩東映向かいの上野荘に転居 十月、藤沢市辻堂東海岸に転居
一九六三年（昭和三十八）	29歳	三月、長女の都生まれる 十月、学生時代の友人、田村佳昭の結婚式に出席。式終了後、学生時代の友人たちと上智大学へ行きリーチ師に会う
一九六四年（昭和三十九）	30歳	四月、ＮＨＫテレビで『ひょっこりひょうたん島』放送開始。山元護久と共同執筆 五月、港区赤坂氷川神社下に転居
一九六五年（昭和四十）	31歳	一月、次女の綾生まれる／学生時代の友人、山之内保の結婚式に出席 五月、四ツ谷駅前新道横丁の畳屋二階に転居 十月、学生時代の友人、小川荘六の結婚式の仲人役を努める
一九六七年（昭和四十二）	33歳	五月、三女の麻矢生まれる 十月、市川市国分町に転居
一九六九年（昭和四十四）	35歳	二月、「日本人のへそ」を恵比寿のテアトル・エコー屋根裏小劇場で上演 三月、『ひょっこりひょうたん島』終了

一九七〇年（昭和四十五）	36歳	一月、『ブンとフン』書下ろし刊行 七月、「表裏源内蛙合戦」を新装したテアトル・エコーでの柿落し上演
一九七一年（昭和四十六）	37歳	一月、「モッキンポット師の後始末」発表 九月、「道元の冒険」をテアトル・エコーで上演
一九七二年（昭和四十七）	38歳	一月、「道元の冒険」で第十七回岸田國士戯曲賞を受賞 三月、「道元の冒険」で第二十二回芸術選奨文部大臣新人賞を受賞 七月、「手鎖心中」で第六十七回直木三十五賞を受賞 十一月、『モッキンポット師の後始末』刊行
一九七三年（昭和四十八）	39歳	七月、「藪原検校」を西武劇場オープニング記念・井上ひさし作品シリーズとして上演。音楽とギター演奏は兄・滋
一九七四年（昭和四十九）	40歳	二月、『家庭口論』刊行
一九七五年（昭和五十）	41歳	四月、市川市北国分に転居

一九七六年（昭和五十一）	42歳	三月、国立オーストラリア大学アジア学部日本語科の客員教授として渡豪 七月、「雨」を西武劇場で上演 七月、予定を早めてオーストラリアから帰国
一九七七年（昭和五十二）	43歳	二月、『ブラウン監獄の四季』刊行 七月、『黄色い鼠』刊行
一九七八年（昭和五十三）	44歳	六月、『十二人の手紙』刊行 七月、「日の浦姫物語」を東横劇場で上演
一九七九年（昭和五十四）	45歳	三月、エッセイ集1『パロディ志願』刊行 四月、エッセイ集2『風景はなみだにゆすれ』刊行 五月、「しみじみ日本・乃木大将」を紀伊國屋ホールで上演／エッセイ集3『ジャックの正体』刊行 六月、エッセイ集4『さまざまな自画像』刊行 十二月、「しみじみ日本・乃木大将」「小林一茶」で第十四回紀伊國屋演劇賞個人賞を受賞
一九八〇年（昭和五十五）	46歳	二月、「しみじみ日本・乃木大将」「小林一茶」で第三十一回読売文学賞戯曲賞を受賞

一九八一年（昭和五十六）	47歳	三月、『私家版日本語文法』刊行 四月、エッセイ集5『聖母の道化師』刊行 六月、山本健吉、丸谷才一、竹西寛子らと北京、西安、上海、紹興などを旅する 八月、『吉里吉里人』刊行 十二月、『吉里吉里人』で第二回日本SF大賞を受賞
一九八二年（昭和五十七）	48歳	一月、『吉里吉里人』で第三十三回読売文学賞小説賞を受賞 十二月、「化粧」をザ・スズナリで上演
一九八四年（昭和五十九）	50歳	四月、こまつ座旗揚げ公演として「頭痛肩こり樋口一葉」を紀伊國屋ホールで上演。機関誌『the座』創刊／『井上ひさし全芝居 その一』刊行 五月、『井上ひさし全芝居 その二』刊行 七月、『井上ひさし全芝居 その三』刊行
一九八五年（昭和六十）	51歳	九月、「きらめく星座」を紀伊國屋ホールで上演 十二月、『不忠臣蔵』刊行
一九八六年（昭和六十一）	52歳	二月、『不忠臣蔵』『腹鼓記』で第二十回吉川英治文学賞を受賞 六月、好子と離婚

一九八七年（昭和六十二）	53歳	四月、米原ユリと結婚。世田谷区尾山台に転居 八月、蔵書約七万冊を郷里の山形県川西町に寄贈し、『遅筆堂文庫』開設 十月、「闇に咲く花」を紀伊國屋ホールで上演
一九八八年（昭和六十三）	54歳	八月、第一回「生活者大学校」開催 十二月、夫人とイタリア、イギリスを旅する
一九八九年（平成一）	55歳	四月、エッセイ集6『遅れたものが勝ちになる』刊行 五月、エッセイ集7『悪党と幽霊』刊行 六月、鎌倉市佐助に転居 十二月、「人間合格」を紀伊國屋ホールで上演
一九九一年（平成三）	57歳	一月、「シャンハイムーン」をいわき市の平市民会館で上演 四月、上智大学で講演 五月、母マス死去 九月、「シャンハイムーン」で第二十七回谷崎潤一郎賞を受賞 十一月、長男の佐介生まれる
一九九二年（平成四年）	58歳	五月、大学時代の友人七名を鎌倉の自宅に招く
一九九三年（平成五年）	59歳	十二月、日本劇作家協会発足、初代会長に就任／エッセイ集8『死ぬのがこわくなくなる薬』刊行

一九九四年（平成六）	60歳	九月、「父と暮せば」を紀伊國屋ホールで上演／『井上ひさし全芝居 その四』刊行 十月、『井上ひさし全芝居 その五』刊行
一九九五年（平成七）	61歳	一月、「黙阿彌オペラ」をシアターコクーンで上演／エッセイ集9『文学強盗の最後の仕事』刊行 二月、「父と暮せば」で第二回読売演劇大賞優秀作品賞受賞／エッセイ集10『飢餓大将の論理』刊行
一九九七年（平成九）	63歳	四月、日本ペンクラブ副会長に就任 十月、「紙屋町さくらホテル」を新国立劇場で柿落し上演
一九九八年（平成十）	64歳	八月、小川未玲作「お勝手の姫」を小川荘六や編集者とテアトル・エコーで観る
一九九九年（平成十一）	65歳	三月、『新日本共産党宣言』（不破哲三との共著）刊行／仙台文学館開館。初代館長に就任 十二月、第四十七回菊池寛賞受賞。受賞理由は「『東京セブンローズ』の完成、こまつ座座付き作者としての活躍、ことばをめぐる軽妙洒脱なエッセイなど、多岐にわたる文学活動の成果」

二〇〇一年（平成十三）	67歳	一月、第七十一回朝日賞受賞。受賞理由は「知的かつ民衆的な現代史を総合する創作活動」 五月、横須賀市長選決起集会でスピーチする 六月、モスクワ、サンクトペテルブルクに旅する。「父と暮せば」をモスクワ・エトセトラ劇場で上演 八月、「父と暮せば」を横須賀はまゆう会館で上演 十一月、山形県置賜農業高校百周年記念の講演をする
二〇〇三年（平成十五）	69歳	一月、「太鼓たたいて笛ふいて」で第四十四回毎日芸術賞受賞 二月、小川未玲作「ちゃんとした道」を小川荘六など学生時代の友人らとテアトル・エコーで観る 三月、第六回鶴屋南北賞受賞 四月、第十四代日本ペンクラブ会長に就任 五月、「兄おとうと」を紀伊國屋ホールで上演 九月、『座談会昭和文学史』第一巻（小森陽一との共編・共著）刊行
二〇〇四年（平成十六）	70歳	二月、『座談会昭和文学史』第六巻刊行、完結 六月、呼びかけ人の一人となった「九条の会」結成 十一月、文化功労者に選ばれる

二〇〇五年（平成十七）	71歳	四〜六月、『井上ひさしコレクション』全三冊刊行 十一月、札幌大学エクセレント講座「井上ひさしの作文教室」に出席
二〇〇七年（平成十九）	73歳	八月〜九月、「ロマンス」を世田谷パブリックシアターで上演
二〇〇九年（平成二十一）	75歳	二月、第六十回放送文化賞を受賞 三月、「ムサシ」をさいたま市の彩の国さいたま芸術劇場で上演 六月、第六十五回恩賜賞・日本芸術院賞を受賞 十月、「組曲 虐殺」を天王洲銀河劇場で上演
二〇一〇年（平成二十二）		二月、第十七回読売演劇大賞芸術栄誉賞受賞 三月、茅ケ崎の病院に入院 四月九日、鎌倉佐助の自宅にて死去。十一日、通夜。十二日、告別式 五月、「ムサシ」をロンドンのバービカン・シアターで上演／日本劇作家協会が座・高円寺で「井上ひさしを語り継ぐ」を開催 六月、『井上ひさし全芝居 その六』を刊行

		七月、東京会館で「井上ひさしさんお別れの会」開催／「ムサシ」をニューヨークのリンカーンセンター内のデヴィッド・H・コーク劇場で上演 十二月、『井上ひさし全芝居 その七』刊行、完結
二〇一三年（平成二十五）		四月、「吉里吉里忌」拡大実行委員会が鎌倉の銀座アスターで開かれる
二〇一四年（平成二十六）		十月、『井上ひさし短編中編小説集成』第一巻刊行
二〇一五年（平成二十七）		四月、この年から「吉里吉里忌」を「生活者大学校」と合わせ川西町で開催 九月、『井上ひさし短編中編小説集成』第十二巻刊行、完結
二〇一八年（平成三十）		八月、「井上ひさし研究会」発足
二〇二〇年（令和二）		四～六月『井上ひさし 発掘エッセイ・コレクション』全三冊刊行

【引用文献】（井上ひさし著）

「上智大学と私」Ｉ（マスコミ・ソフィア会会報「コムソフィア」No.14 一九九一年五月二十五日）
「上智大学と私」Ⅱ（マスコミ・ソフィア会会報「コムソフィア」No.15 一九九一年十月三十一日）
『モッキンポット師の後始末』（講談社文庫、一九七四）
『モッキンポット師ふたたび』（講談社文庫、一九八五）
『家庭口論』（中公文庫、一九七六）
『ブラウン監獄の四季』（講談社文庫、一九七九）
エッセイ集1『パロディ志願』（中公文庫、一九八二）
エッセイ集3『ジャックの正体』（中公文庫、一九八二）
エッセイ集5『聖母の道化師』（中公文庫、一九八四）
『井上ひさしコレクション　日本の巻』（岩波書店、二〇〇五）
『默阿彌オペラ』（新潮文庫、一九九八）
『紙屋町さくらホテル』（小学館、二〇〇一年）
『兄おとうと』（新潮社、二〇〇三年）

【年譜参考文献】

『井上ひさしの世界』巻末年譜（仙台文学館、二〇〇九）
『モッキンポット師の後始末』巻末年譜（講談社文庫、一九七四）
『モッキンポット師ふたたび』巻末自筆年譜（講談社文庫、一九八五）
『井上ひさし全芝居』その一〜その七（新潮社、一九八四〜二〇一〇）
『井上ひさし短編中編小説集成』全十二巻（岩波書店、二〇一四〜一五）
桐原良光『井上ひさし伝』巻末略年譜（白水社、二〇〇一）

笹沢信『ひさし伝』巻末略年譜（新潮社、二〇一二）
扇田昭彦『井上ひさしの劇世界』年譜（国書刊行会、二〇一二）

＊カバー・表紙・扉写真：井上と筆者（昭和三十四＝一九五九年、横浜港にて）
＊本書収録の写真・葉書等は、提供者名のあるもの以外はすべて筆者撮影・所蔵のもの。

小川荘六（おがわ・そうろく）　一九三五年、神奈川県横須賀生まれ。県立横須賀高校卒。五六年、上智大学文学部外国語学科フランス語科に入学、井上ひさしと同期生として出会う。（株）岡村製作所、横須賀市役所で税務、監査、研修を担当。（株）スーパースズキヤ取締役社長室長を経て企業、地方自治体の職員研修を主とするコンサルタントとして独立。ＫＳブレーン代表。

心友（しんゆう）　素顔の井上ひさし

二〇二〇年七月一〇日　初版第一刷発行
二〇二〇年九月二〇日　初版第二刷発行

著　者　小川荘六
発行者　和田　肇
発行所　株式会社作品社
〒一〇二-〇〇七二　東京都千代田区飯田橋二-七-四
TEL＝〇三-三二六二-九七五三
FAX＝〇三-三二六二-九七五七
振替口座　00160-3-27183
http://www.sakuhinsha.com

本文組版　有限会社一企画
印刷・製本　シナノ印刷株式会社

ISBN978-4-86182-811-9　C0095　Printed in Japan